Leserstimmen

»*Kurzweilig und spannend, mit liebevoll gezeichneten Figuren und dem Ansatz einer möglichen Liebesgeschichte ... alles, was ein Cosy-Krimi haben muss !*«
Michi Schmutz

»*Ich finde, dass das Buch alles hat, was man sich als Krimi-Leser wünscht: es ist spannend, stellenweise sehr lustig und auf keinen Fall langweilig. Mir hat es sehr gut gefallen. Habe Valerie definitiv in mein Herz gschlossen.*«
Marcel Bielmann

»*Ich mag diese schnörkellosen und durchaus spannenden Geschichten. Bin seit dem ersten Band dabei und die Serie wird von Buch zu Buch besser.*«
Sonja Thomen

»*Mit gutem Gespür für Stimmungen und präziser Sprache erzählt der Autor hier eine spannende Geschichte voller Überraschungen. Menschliche Verstrickungen wie in einem Fernsehkrimi. War eindeutig ein Lesespaß den ich nur empfehlen kann.* «
Testudina auf Amazon.de

Zum Buch

Zuerst ist da der Martinsmärit, der in Düdingen immer am zweiten Wochenende im November stattfindet, und auf den sich die kleine Buchhandlung fieberhaft vorbereitet.

Erwähnenswert ist auch dieses Filmteam, das rund um Hannah ›Mimi‹ Badener im Naturschutzgebiet eine Episode der angesagten Fernsehserie ›Tell&Walter‹ drehen will.

Aber spätestens, als eine Tote aus dem Hexenweiher geborgen wird, ist allen klar, dass es sich um keine normale Woche handeln kann. Und das ist nur der Anfang der Geschichte. Denn wer hätte ahnen können, dass ausgerechnet Valerie Birbaum von ihrer Vergangenheit eingeholt wird ...

Zum Autor

Jean-Pascal Ansermoz wurde als Schweizer im September des Jahres 1974 in Dakar (Senegal) geboren. Er ist einer, der mit Leichtigkeit über den Röschtigraben springt, schrieb er doch bis 2009 nur in französischer Sprache. Weltenbürger, Romand und Deutschschweizer in einem: ein Autor mit Hang zum Kriminellen, aber auch zu Poetischem, Literarischem, Alltäglichem und Besonderem.

Mehr Infos unter: **www.jeanpascalansermoz.ch**

Jean-Pascal Ansermoz

Krimi, Mimi und Abgang

Ein BuchCafé Krimi

© 1.Auflage 2020 *Jean-Pascal Ansermoz*

ISBN: 978-3-7519-7124-9

Herstellung und Verlag: BoD – Books on Demand, Norderstedt

Lektorat: Michael Lohmann, Worttaten.de
Foto Autor: Christian Baeriswyl, cbfotografie.ch
Umschlag & Satz: AZ Productions, Fribourg (CH)
unter Verwendung von Motiven von Freepik.com
und Artwork von Helaine Chardon

Die Deutsche Nationalbibliothek verzeichnet diese Publikation
in der Deutschen Nationalbibliografie; detaillierte biblio-
grafische Daten sind im Internet über http://dnb.dnb.de
abrufbar.

Den Menschen geht es wie den Büchern,
sie werden manchmal zu spät geschätzt.

Honoré de Balzac (1799 – 1850)
französischer Philosoph und Romanautor

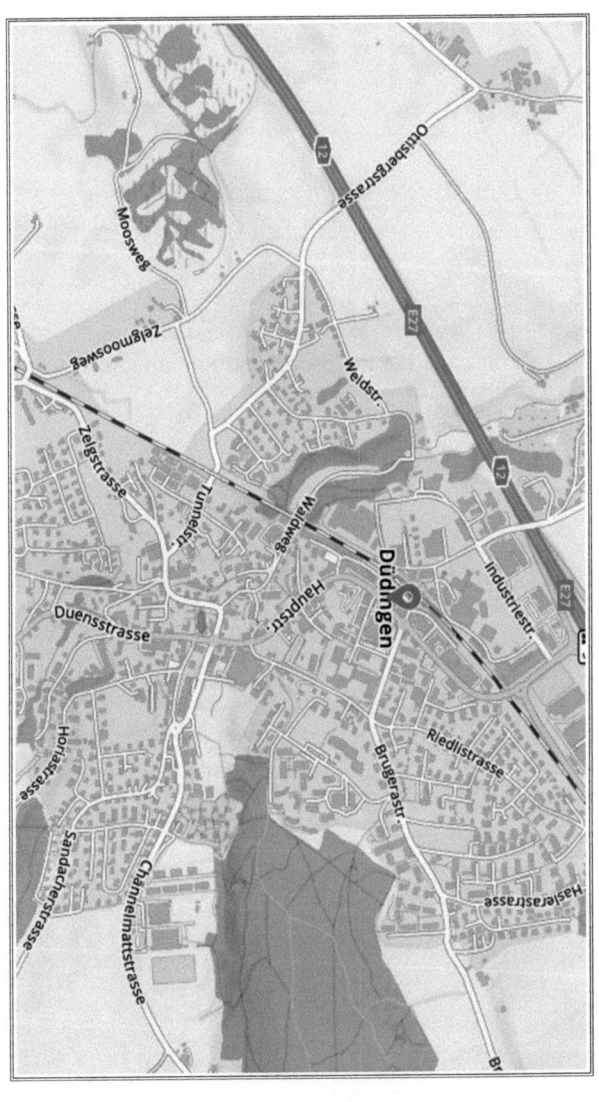

PROLOG

Der Nebel ließ nicht zu, dass Hannah Badener mehr sehen konnte als den schmalen Pfad, auf dem sie rannte.

Wurzeln versuchten sie zu Fall zu bringen, hatten es auch schon mehrmals geschafft. Ihre Knie waren blutig, ihre Hände voller Erde. Ihr langes Haar klebte an ihrer Stirn, das weiße Nachthemd an ihrem Körper.

Sie atmete schwer.

Urplötzlich tauchte der kleine Weiher vor ihr auf und ließ sie stoppen. Der Weg teilte sich hier. Wie ein gehetztes Tier sah sie sich um, blickte über ihre Schulter zurück. Schilf, dunkle Silhouetten von Bäumen mit tief hängenden Ästen zu beiden Seiten. Und die Ungewissheit, wohin die Pfade sie führen würden.

Irgendwo knackte es im Unterholz.

Badener fuhr herum, machte ein, zwei Schritte rückwärts, die Arme ausgestreckt, als wollte sie jemanden davon abhalten, ihr zu nahe zu kommen.

»Nein, nicht ...«, flehte sie. Tränen füllten ihre Augen, als ein dunkler Schatten vor ihr auftauchte. Badener schrie auf, machte einen weiteren Schritt zurück. Ihre Augen vor Todesangst geweitet. Sie zitterte am ganzen Körper.

Die Silhouette vor ihr blieb stehen.

»Nicht«, flüsterte sie. »Bitte nicht ...«

Ihre Worte gingen in einem Schluchzen unter.

Sie ließ die Arme sinken, machte einen weiteren Schritt rückwärts. Ihr Fuß versank im schlammigen Untergrund. Badener schrie auf, verlor das Gleichgewicht und fiel rückwärts ins eiskalte Wasser.

»Cut!«, schrie Zimmerer.

Während er sich sichtlich zufrieden ein Zigarillo anzündete, halfen zwei Assistentinnen Badener aus dem Hexenweiher.

»Sag nicht, wir müssen das noch einmal drehen, sonst kriegst du meinen Zorn in den Allerwertesten, Wertester.«

Zimmerer war neben seinen Kameramann getreten und sah sich die Szene auf dem kleinen Kontrollmonitor noch einmal an.

»Häng nicht deine Diva raus, Mimi. So kalt ist es jetzt auch wieder nicht.«

»Sagt wer?« Sie hatte sich mithilfe der Assistentinnen des nassen Nachthemdes entledigt und schlüpfte nun in einen ebenso weißen Bademantel.

»Scheißjob. Scheißort. Scheiß drauf! Ich brauche einen Drink!«

Badener schnippte mehrmals mit den Fingern. Eine der beiden Set-Assistentinnen kam mit einem Glas Whisky und einer Zigarette dahergeeilt. Badener ließ den Bademantel los und steckte sich die Zigarette zwischen die Lippen. Es schien ihr nicht aufzufallen, dass der Schlafrock sich dabei öffnete und sie plötzlich nackt mitten im Düdinger Moos stand. Als sie den Kopf leicht zur Seite neigte, blitzte ein Feuerzeug auf. Sie sog gierig an der Zigarette, blies den Rauch zum Himmel und wedelte die Assistentin ungeduldig fort. Dann erst blickte sie auf.

»Kälter als gedacht«, kommentierte der Mann in Schwarz, der sie noch kurz zuvor durch den Nebel gehetzt hatte. Sie sah an sich herunter, hob die Schultern und leerte den Whisky in einem Zug.

»Wenn's dir Freude macht.«

Das Glas warf sie achtlos fort, schniefte und wischte sich mit dem Ärmel übers Gesicht, der sich dunkel verfärbte.

»Scheißschminke«, kommentierte sie und stapfte zu Zimmerer. »Was ist jetzt?«

Zimmerer wandte sich von seinem Kameramann ab. »Wir haben ideale Bedingungen hier. Das müssen wir nutzen.«

»Sag jetzt nicht ...«

Anstatt zu antworten, grinste er sie an.

»Nicht dein Ernst, oder?«

Zimmerer verschränkte die Arme vor der Brust und ließ sie zappeln.

»Ach, Scheiße.«

Eine Assistentin war bereits neben Badener erschienen und begleitete sie zu den Wohnwägen, die die Produktionsfirma am Wegesrand außerhalb des kleinen Forstes am Fuß des Ottisbergs aufgestellt hatte.

Badener würde sich noch einmal durch das Moos hetzen lassen. Sie verfluchte Zimmerer innerlich. Wieso konnte er nie zufrieden sein?

Wenn das so weiterging, würde sie sich noch den Tod holen.

KAPITEL 1

»Schöne Aussichten!«

Ich fuhr herum. So schnell es eben ging, wenn man auf dem Boden des Chaosräumchens der Buchhandlung ›Die gute Seite‹ kniete und sich um übermäßig viel Papier und Pappkarton bemühte. Ich hasste dieses ewige Entsorgen leerer Pakete in etwa so – wie von meiner Mutter dabei überrascht zu werden.

»Das hier ist ja auch ein privater Raum.«

»In den jeder hineinspazieren kann?« Bärbel hob eine Augenbraue. »Niedlich.«

»Schaust du mir etwa auf den A ...?«

»Trage ich die falsche Brille oder hast du zugenommen?«

Ich stützte mich auf den Knien ab, um hochzukommen.

»Du trägst keine Brille, Mutter.«

Was sie aber trug: langer roter Mantel, dazu kniehohe Stiefel – ich hasse kniehohe Stiefel –

und sie hielt eine Ausgabe der regionalen Zeitung in der Hand.

»Dacht ich's mir doch. Wo ist denn dieser Ire? Der könnte dir doch zur Hand gehen.«

Hatte ich wirklich zugenommen?

»Der Ire heißt Donnie und der ist heute nicht da.«

»Natürlich, jetzt wo er sich nützlich machen könnte.«

»Donnie hilft mir sehr viel.«

Bärbel legte den Kopf schief und blickte mich belustigt an. Ich konnte nicht anders als rot zu werden, und mich deshalb über mich selbst aufzuregen.

»Das wär doch etwas für dich.« Sie warf die ›Freiburger Nachrichten‹ auf den überfüllten Tisch. Ich blickte auf die Titelseite.

Die erfolgreiche Fernsehserie um Hannah Mimi Badener macht einen Stopp in Düdingen!

»Du solltest ihn lesen. Ich warte gern.« Ich warf ihr einen entnervten Blick zu, hatte ich doch sicher Besseres zu tun. Und doch setzte ich mich und nahm die Tageszeitung zur Hand.

Die erfolgreiche Fernsehserie ›Tell&Walter‹ dreht in Düdingen. Hannah Mimi Badener und Rudolf Habdichlieb haben sich für einige Tage in Düdingen einquartiert, um eine Folge der Serie im Möser Naturschutzgebiet zu drehen. Deshalb lädt das Podium zu einem Spezialabend ein, an dem mehrere Folgen der Serie auf Großleinwand zu sehen sein werden und das in Anwesenheit der Filmcrew und der Schauspieler. Tickets zu diesem Event gibt es über die üblichen Verkaufsstellen, einige wenige an der Abendkasse.

Die ›Freiburger Nachrichten‹ verlosen 10 Einladungen mit anschließendem Meet- und Greet. Alle Informationen finden Sie online unter der Rubrik ›Aktionen‹. Viel Glück!

Etwas verwirrt blickte ich zu meiner Mutter hinüber, die sich einen Kaffee machte.

»Möchtest du auch einen?«

Ich verkniff mir eine Bemerkung. Es sind die kleinen Dinge, mahnte ich mich.

»Eigentlich ganz gern.«

Bärbel holte sich eine weitere Kapsel aus dem großen glasernen Topf. Bewaffnet mit zwei dampfenden Tassen, kam sie zu mir und setzte sich. Ich war ihr irgendwie dankbar. Als Selbstständige übergeht man oft seine eigenen Bedürfnisse. Und so kam es nicht selten vor, dass ich mir gar keine Pause gönnte, was ich dann abends mit großer Müdigkeit bezahlte. Bärbel zwang mich innezuhalten. Und die Kartons konnten warten. Also nur bis morgen.

»Das wäre doch etwas für dich«, sagte sie gutmütig.

»Für mich?«

»Du solltest da hingehen.«

»Wieso?«

»Um wieder mal unter die Leute zu kommen.«

»Tu ich doch.«

Und das jeden Tag.

»Du bist immer nur hier.« Sie machte eine ausladende Geste, die so ziemlich alles bedeuten konnte. Mutter hatte definitiv keine Ahnung, was es heißt, eine Buchhandlung in der Hauptstraße zu führen.

»Und dieser Habdichirgendetwas sieht doch auf dem Foto gut aus.«

»Mutter!«

»Ich meine ja nur.«

»Ich brauch keinen Mann.«

Also eigentlich wäre das ganz schön.

»So siehst du aus.«

»Was soll das denn jetzt wieder bedeuten?«

»Nur nicht gleich einschnappen, Mädel. Ich meine es ja nur gut mit dir. Weißt du, ich möchte nicht, dass du den gleichen Fehler machst wie ich. Da stürzt man sich in die Arbeit und eh man sich versieht, sind zwanzig Jahre vorbei. Und dann teilt man das Bänkchen am Schiffenensee mit einem Mops.«

KAPITEL 2

Petra Berlinger fröstelte bereits, bevor sie die Tür aufmachte. Zum ersten Mal erreichten die Temperaturen an diesem frühen Morgen die Null-Grad-Grenze. Sofern man dem Thermometer vor dem Küchenfenster Glauben schenken durfte. Die Wettervorhersage am Vorabend warnte vor Schnee bis auf neunhundert Meter. Der Tag würde trüb und bewölkt sein, mit Schauern und das fehlende Licht machte ihr schon jetzt zu schaffen.

Hoffentlich war das Wochenende trockener.

Seit sie sich erinnern konnte, verwandelte sich die Hauptstraße am jeweils zweiten Samstag im November in einen großen Markt. Und auch wenn sich über die Jahre hinweg viele Ess- und Trinkstände, politische Parteien und Versicherungen infiltriert hatten, blieb dieser kommende Samstag ein Volksfest, für das Menschen von weither kamen.

Zoé winselte.

»Komm ja schon, komm ja schon.«

Sie öffnete die Tür und der Golden Retriever verschwand nach draußen. Der Hund kannte den Weg.

Dieses Jahr war ein ganz besonderes. Sie würde ihre neue Kollektion handgefertigter Seifen präsentieren können. Eine wunderbare Ergänzung zu den anderen Pflegeprodukten. Die Vorfreude zauberte ein Lächeln auf Berlingers Gesicht, das sie nun hinter einem dicken Schal versteckte. Sie schloss die Tür hinter sich ab.

Zoé wartete in der Einfahrt zur Garage auf sie und schlug den üblichen Weg ein, indem sie dem Dorf den Rücken kehrte, um dann in den Zelgmoosweg einzubiegen, der sie zum Düdinger Moos führen würde. Berlinger liebte das Naturschutzgebiet, dessen Flachmoor nach der letzten Eiszeit entstanden war. Vor rund siebzig Jahren hatte man mit der Torfausbeutung aufgehört und die Landschaft bot nun einer Vielzahl von Pflanzen und Tieren ein Zuhause. Sie liebte den Ort jedoch vor allem für seine Abgeschiedenheit. An manchen Tagen fühlte sie sich hier allein auf der Welt. Ein schönes Gefühl. Deshalb stutzte sie kurz, als sie auf dem Feldweg Wohnwägen stehen sah. Dann erinnerte sie sich wieder daran, dass ja ein Filmteam derzeit in Düdingen drehte.

Neugierig begutachtete sie die drei Häuser auf Rädern, als sie an ihnen vorbeiging, hielt sich aber davon ab, in eines der Fenster zu sehen. Es war zwar niemand zu sehen, aber trotzdem.

Zoé schien das gar nicht zu interessieren. Der Hund verschwand am Ende des Trampelpfades aus Berlingers Gesichtsfeld. Erst als sie in den Wald eintauchte, verlangsamte sie ihre Schritte, atmete mehrmals tief ein und aus. Es roch nach Herbst, nach schwerem Boden und feuchtem Gras. Zoé kam zu ihr zurück, blickte sie an, als wollte sie etwas fragen.

»Alles gut.«

Die Hündin ließ sich den Kopf streicheln, schnüffelte dann in einem Halbkreis um sie herum und ging dann wieder vor bis zum Hexenweiher.

Kaum ein Laut drang bis zu ihr. Als schluckten die tief hängenden Wolken die Geräusche der nahen Autobahn.

Welche Stille! Welche Freude! Im Vorbeigehen berührte Berlinger einen Baum, ließ die Hand einen Augenblick auf der kalten Rinde ruhen. Diese Energie.

Dann hörte sie Zoé knurren.

Berlinger runzelte die Stirn, beschleunigte ihre Schritte. Nun konnte sie den Weiher überblicken. Ihre Hündin hatte den rechten Weg gewählt und stand stocksteif am gegenüberliegenden Ufer. Ihre Körperhaltung versprach nichts Gutes.

»Zoé!«, rief sie ihr zu. Der Hund drehte kurz den Kopf, blieb aber stehen. Ihr Knurren konnte Berlinger nicht einordnen. Es schien so, als könnte das Tier nicht entscheiden, wie mit der Situation umzugehen war.

Rasch umrundete Berlinger den Teich, nur um dann auch stehen zu bleiben. Vom Schilf festgehalten, schwamm etwas Weißes im Hexenweiher.

»Was zum ...?«, flüsterte Berlinger. Zoé sah sie an, dann fixierte sie wieder den Weiher. Sie knurrte immer noch, jetzt aber leiser.

Berlinger fasste einen Entschluss. Während Zoé sich nicht bewegte, stieg sie langsam ins trübe Wasser. Die eisige Kälte jagte ihr einen Schauer über den Rücken. Langsam watete sie auf die Gestalt zu. Ein weißes Nachthemd. Jetzt konnte sie es deutlich erkennen. Die Frau schwamm mit dem Kopf nach unten.

Lange Haare. Berlinger wurde eiskalt.

Einen Augenblick rührte sie sich nicht mehr, blickte zu ihrer Hündin zurück. Als sie ihre Starre überwand, berührte sie vorsichtig einen Arm. Er fühlte sich steif an. Der ganze Körper begann sich zu bewegen und Berlinger zuckte zurück. Es brauchte unendlich viel Überwindung, ein zweites Mal danach zu greifen. Berlinger hielt die Luft an und zog die Leiche schließlich an einem Bein in Richtung Ufer. Das Nachthemd breitete sich wie ein Segel aus, bedeckte den Kopf und entblößte einen weißen Rücken. Berlinger hielt inne, ließ den Knöchel los, bedeckte den Körper wieder mit dem nassen Kleid. Dann griff sie nach einem Arm. Die Leiche ließ sich erstaunlich leicht im Wasser drehen. Als sie das Ufer erreichte, stand Berlinger unter Schock. Zoé winselte und lief am Ufer hin und her.

Berlinger blickte sich um.

Dann fasste sie allen Mut zusammen, stieg aus dem Teich ohne den Arm loszulassen. Nur mit großer Anstrengung schaffte sie es schließlich, die Leiche halbwegs an Land zu ziehen. Völlig erschöpft setzte sie sich auf den Weg. Zoé leckte ihr das Gesicht, ging hin und her. Die Hündin hatte ihren Schwanz zwischen die Hinterbeine geklemmt.

»Du musst keine Angst haben.«

Die Hündin beruhigte sich nicht. Berlinger zitterte am ganzen Körper. »Wir sollten die Polizei informieren.«

Aber was sollte sie sagen? Und wer war das überhaupt? Berlinger schluckte leer, starrte auf die Gestalt vor ihr. Dann fasste sie einen Entschluss, erhob sich und stieg noch einmal in den Teich.

Sie musste wissen, wer das war.

KAPITEL 3

»Nein, zu der Serie gibt es keine Bücher.«

Ich lächelte etwas verkrampft, schäumte aber innerlich wie ein Bier am Zibelemärit.

»Es muss doch Bücher geben.«

»Nicht immer. Manche Serien werden direkt fürs Fernsehen geschrieben.«

»Sind Sie sicher? Aber eine solche Serie wie ›Tell&Walter‹ ...«

Ich fühlte mich wie ein Steamer, der langsam überhitzte. »Ganz sicher.«

Der Mann blickte sich ein wenig verloren um. Es ist manchmal schwierig, mit enttäuschten Erwartungen umzugehen. Ich ließ ihm die Zeit, die er brauchte.

»Können Sie mir vielleicht etwas in der Art empfehlen?«, fragte er schüchtern.

Ich konnte es ihm nicht übel nehmen, aber würde trotzdem nicht zugeben, dass es nicht die erste Anfrage am heutigen Tag gewesen war. Die

Serie war in aller Munde und auf allen Bildschirmen. So etwas hatte es seit dem ›Bestatter‹ nicht mehr gegeben. Auch wenn die Kriminalfälle der einzelnen Episoden sehr einfach gestrickt waren, so gaben die charismatischen Schauspieler in den Hauptrollen dem Ganzen die nötige Würze.

Der Rest beruhte auf einer geschickten Marketingstrategie.

»Aber natürlich. Was für Krimis lesen Sie denn sonst?«

Der Mann blickte zum Büchertisch hinüber, als läge dort eine Antwort auf diese Frage.

»Nicht so gruselig …«, meinte er.

Und mit einer Femme fatale in der Hauptrolle, ergänzte ich mental, während ich zur Krimi- und-Thriller-Ecke ging. Diesen Moment wählte Donnie, um lächelnd das Türglöckchen zum Leben zu erwecken. Ich war froh, ihn zu sehen. Wir tauschten einen kurzen Blick.

»Guten Morgen!«

»Hallo, Donnie«, sagte ich.

»Herr Biady …« Donnie wandte der sich an meinen Kunden. »Auf der Suche nach einer neuen Serie?« Donnie zwinkerte ihm zu. Der Angesprochene lächelte erleichtert.

»Ich habe da was für Sie.« Donnie pickte sich

im Vorbeigehen ein Buch mit grellgelbem Buchrücken aus dem Regal. »Das werden Sie nicht weglegen können. Die Geschichte spielt in Irland ...«

Biady nahm das Buch zur Hand und begann den Klappentext zu lesen. Über seinen Kopf hinweg grinste mich Donnie an. Ich richtete zwei drei Stapel Krimis.

»Das tönt wirklich spannend.«

»Und einzigartig! Sie werden sehen.«

Biady nickte und Donnie begleitete ihn zur Kasse. »Und das Beste ist, dass Teil zwei und drei auch schon gibt. Ich habe mir meine Exemplare bereits bestellt.«

Donnie las das Buch ein, legte ein Lesezeichen hinein. Biady bezahlte mit Karte.

»›Tell&Walter‹?«, fragte er leise. Aber nicht leise genug, dass ich es nicht gehört hätte. Er sah mich dabei von der Seite her an. Donnie beugte sich zu ihm vor.

»Gibt es leider nicht als Buch«, sagte er genau so leise. Biady nahm das Buch an sich, zuckte mit den Schultern.

»Vielen Dank.« Er wagte es nicht, mich anzublicken.

»Ich hab zu danken«, sagte Donnie. »Viel Spaß beim Lesen.«

Biady nickte ihm zu und wandte sich zur Tür.

»Falls ...«

»Falls es ein Buch geben wird, lege ich Ihnen ein Exemplar zur Seite.«

»Danke.«

Donnie musste sich sichtlich beherrschen. Ihm bereitete die Situation einen Mordsspaß.

»Schönen Tag.« Biady nickte mir zu.

»Das wünsch ich Ihnen auch.« Meine Worte begleiteten ihn zur Tür. Als die sich hinter ihm geschlossen hatte, atmete ich tief durch.

Donnie war im Räumchen verschwunden, um sich seiner Jacke zu entledigen.

»Wie war der Abend in unserem ach so kulturellen Podium gestern?«, fragte ich ihn.

»Darfst dich gern darüber lustig machen. Ich finde es schön, einen solchen Veranstaltungsort hier in Düdingen zu haben. Und um auf deine Frage zu antworten: Es war richtig cool. Die Idee, die neuen Folgen mit den Schauspielern zu sehen, war genial. Hast du die Episoden gesehen?«

Er trug ein Hemd in Altrosa, dessen Ärmel er nun hochkrempelte, während er sich hinter die Kaffeetheke begab. Die Farbe stritt sich schreiend mit derjenigen seiner Haare. Und trotzdem stand ihm das Hemd verdammt gut.

Mir wurde warm.

»Ich schaue sehr selten fern«, log ich. Er ging nicht darauf ein. Die Wahrheit war, dass ich mich durch all diesen Tumult rund um die Serie hatte neugierig machen lassen. Aus einem Ich-schau-nur-mal-kurz-Rein wurden alle drei aufeinanderfolgenden Episoden.

Um mich abzulenken, hievte ich die erste der beiden blauen Bücherlieferungskisten auf den Hocker neben der Kasse.

»Du verpasst wirklich etwas«, sagte er.

»Kann schon sein.« Ich legte den Lieferschein auf die Theke und begann, die Bücher aus der Kiste zu nehmen.

»Sind wir bereit für Samstag?«, wechselte er das Thema.

Der Martinsmärit. Eigentlich sollte ich mich freuen.

»Ich denke schon.«

»Hast du gewusst, dass man auf dem Markt ursprünglich Vieh kaufen konnte? Er fand auf dem Areal statt, auf dem heute das Bahnhofszentrum steht. Ich habe Fotos aus dem Jahre 1926 gesehen. Sieht komisch aus, so viele Kühe.« Er grinste.

Der Martinsmärit brachte viele Menschen in die abgesperrte Hauptstraße, und wer die

Aussteller besuchen wollte, der tat gut daran, sehr früh durchzugehen. Nachher war das Gedränge immer sehr groß. Wir hatten einen Tisch gleich vor dem Eingang der Buchhandlung. Auch Bärbel würde kommen.

»Ich freue mich auf die Chabissùppa und die Frybùrger Platta mit Hama.« Das traditionelle Menü besteht seit jeher aus mehreren Gängen. Vielerlei Fleisch mit Kartoffel, Weißkohl und Büschelibirnen, Meringue mit Sahne zum Nachtisch. Überhaupt nicht mein Ding.

»Ich hoffe nur, alles geht gut.«

»Wieso sollte es nicht?«

»Ich habe da so ein Gefühl.«

Und mit diesem Gefühl sollte ich definitiv recht behalten.

KAPITEL 4

Die Neuigkeit von der toten Frau im Hexenweiher machte wie ein Lauffeuer die Runde. Als mich Bärbel am Mittag darauf ansprach, wusste ich bereits, was vorgefallen war.

»Im weißen Nachthemd soll die arme Frau im Wasser gelegen haben. Und das bei diesen Temperaturen.«

»Nun ja, sie war ja auch tot. Da spürt man meistens nicht mehr viel. Weiß man denn, wer sie ist?«

»Das ist ja das Kuriose an der ganzen Angelegenheit. Es handelt sich um eine Set-Assistentin der Filmcrew. Ich habe von einer Freundin einer Freundin von Petra erfahren, dass die Tote mit einem Requisit bekleidet gewesen war. Das Nachthemd trägt sonst die Badener in der Serienfolge, die sie gerade drehen.«

»Wer ist Petra?«

»Na die Frau, die sie gefunden hat.«

Natürlich, hätte auch selber drauf kommen können.

»Wie kommt sie dazu, das Hemd zu tragen?«

»Ich bin sicher, sie war Fetaschidingsbums.«

»Du meinst Fetischistin?«

»Die mit den komischen Ideen.«

Ich seufzte. »Vielleicht liebte sie es einfach, im Nachthemd Badeners im nicht vorhandenen Mondschein bei null Grad im trüben Weiher eines Naturschutzgebietes zu schwimmen.«

Bärbel sah mich kurz irritiert an. Dann schüttelte sie resolut den Kopf. »Da ist mehr dahinter, glaub mir. Die Welt des Films ist doch korrupt und ...«

»Was hat denn das jetzt mit der Toten zu tun?«

»Nun ja, die sind doch alle irgendwie ...« Sie machte eine Kopfbewegung nach rechts. »Du weißt schon ...«

»Nein, weiß ich nicht.«

»Bist du naiv?«

»Bin ich das?«

Bärbel wollte etwas erwidern, ließ es aber sein.

»Sie trug also das Nachthemd von dieser Hauptfigur«, half ich ihr auf die Sprünge.

»Mimi Badener.«

»Badener, ja. Da frage ich mich doch mal als Erstes, ob da nicht eine Verwechslung vorliegt.«

»Meinst du?« Bärbel machte große Augen. »Jetzt, wo du es sagst. Das könnte durchaus sein.«

»Wie ist sie denn gestorben?«

»Ich weiß es nicht genau. Einige munkeln, sie sei erstochen worden und habe so viel Blut verloren, dass sie weißer war, als das Nachthemd, das sie trug. Andere sagen, sie sei erwürgt worden. Vielleicht war sie auch drogenabhängig und hat sich zu viel gespritzt. In diesen Gefilden findet man ja immer irgendwelche Drogen.«

Ich überging elegant ihre Meinung. »Du weißt es also nicht.«

Bärbel blickte beleidigt.

»Eine der drei Theorien wird wohl stimmen.«

Dann schwieg sie.

»Du solltest dich da mal informieren.«

»Ich?«

»Na klar, wer könnte denn sonst herausfinden, wer das war?«

»Vielleicht die Polizei?«, schlug ich vor.

Aber Bärbel winkte ab. »Die haben doch ...«

Mein Handy begann zu vibrieren und unterbrach sie.

»Tschuldige kurz ...« Ich angelte mir das Telefon von neben der Kasse, warf einen Blick auf das Display. »Wenn man von der Polizei spricht.« Ich nahm ab.

»Hallo, Daniela. Schöner Tag für eine Mordermittlung, nicht wahr?«

»Guten Morgen. Dann weißt du also schon Bescheid?«

»Nur was man so alles sagt. Und das ist ziemlich viel.«

Ich warf Bärbel einen kurzen Blick zu.

»Du musst aufs Revier kommen.«

»Was habt ihr alle denn ...«

»Ich meine es ernst. Und je früher, desto besser.«

Irgendetwas in ihrer Stimme ließ mich aufhorchen.

»Was ist denn geschehen?«

»Das möchte ich dir lieber nicht am Telefon sagen.«

Ich spürte, wie mich meine Mutter mit triumphierenden Augen ansah, und drehte ihr kurzerhand den Rücken zu.

»Hat es mit der Toten im Moos zu tun?«

Daniela schwieg am anderen Ende. Sie war also nicht allein.

»Verstehe, du bist nicht allein.«

»Genau. Wann kannst du hier sein?«

»Ich kann doch nicht einfach hier weg. Die Buchhandlung ...« Bärbel klopfte mir auf die Schulter. Als ich mich umdrehte, wedelte sie mit ihren Händen vor meinem Gesicht herum, als müsste sie einen Schwarm Fliegen verscheuchen.

»Ich ... kleinen Moment.« Mit einer Hand schirmte ich das Telefon ab. »Was willst du mir sagen?«

»Ich hab's dir doch gesagt«, sagte sie triumphierend. »Die brauchen dich jetzt. Ich bleibe.«

War das eine gute Idee?

Ich nahm den Anruf wieder auf. »Meine Mutter bietet sich an, auf den Laden aufzupassen.«

Bärbel nickte eifrig und machte mir große Augen vor Freude. Ich rollte mit den meinen.

»Dann bist du auf dem Weg?« Daniela hörte sich erleichtert an.

»Ich bin auf dem Weg. Um was geht es denn?«

»Wir haben heute Morgen durch eine Zeugin eine Gegenüberstellung mit möglichen Verdächtigen aus dem Filmteam vorgenommen.«

»Und?«

»Eine Person wurde dabei identifiziert. Sie soll am Vorabend bei den Wohnwägen gesehen worden sein. Darum brauch ich dich hier.«

»Was kann ich denn da noch helfen?«

»Die identifizierte Person behauptet, dich zu kennen.«

KAPITEL 5

Die S-Bahn brachte mich in nur fünf Minuten an den Bahnhof in Freiburg. Von dort aus ging ich zu Fuß in Richtung Unterstadt. Die Kriminalpolizei hatte ihre Quartiere an der Place de Notre Dame, zwischen der Kirche Notre Dame und der St.-Nikolaus-Kathedrale. Das Gebäude mit barocken und klassizistischen Stilelementen wirkte praktisch, aber wuchtig in seinem sandfarbenen Kleid.

Der Zweck heiligt eben die Mittel.

Daniela hatte mich angekündet und nach einer schnellen Identitätskontrolle, führte man mich in den zweiten Stock. Ich war noch nie drinnen im Gebäude gewesen und hatte mir das ehrlich gesagt ein wenig aufregender vorgestellt. So wie die Großraumbüros in den amerikanischen Serien vielleicht.

Das musste Daniela mir angesehen haben.

»Zum ersten Mal hier?« Sie grinste.

»Nicht enttäuscht sein. Im Vergleich zu den Cops in den Fernsehserien leben wir nicht hier, wir arbeiten hier nur.«

Ich nickte geflissentlich, während ich ihr den langen Flur entlang folgte, in dem eine Tür neben der anderen lag. Alle waren sie mit Namen beschriftet, und ich gab mir Mühe, im Vorbeigehen in jeden Raum einen Blick zu werfen, wenn die Tür auch nur ein wenig offen stand. Zu meinem großen Leidwesen bestätigte sich aber mein erster Eindruck.

Daniela trat in eines dieser offenen Zimmer und ich folgte ihr.

Ich hätte mich auf alles vorbereiten können, aber nicht auf das.

Mir blieb für einige Sekunden die Luft weg.

Und der Mund offen.

Daniela machte die Tür hinter mir zu.

»Valerie, das ist ...«

»Ich weiß, wer das ist. Hallo, Beat.«

Daniela sah mich mit gerunzelter Stirn an, dann zeigte sie auf einen Stuhl gegenüber meinem Ex-Mann.

»Ihr kennt euch also doch«, sagte sie und setzte sich.

Beat Imhofen lächelte verlegen.

»Das ist mein Ex-Mann, Daniela.«

Ich stand immer noch hinter dem Stuhl. Daniela hatte eine Akte vor sich geöffnet und blickte zu mir hoch.

»Setz dich doch erst einmal.«

»Ich weiß nicht, ob ich das will.« Ich hatte plötzlich Mühe zu atmen, als schnürte mir etwas den Brustkorb zu. Mein Magen fühlte sich flau an und meine Knie weich. Mein Herz raste.

»Ich ...«

»Jetzt setz dich doch einmal. Bitte.« Daniela sah mich auffordernd an.

Ich nahm all meinen Mut zusammen und tat wie mir geheißen.

»Sie haben mir nicht gesagt, dass Sie Valeries Ex-Mann sind«, wandte Daniela sich an Imhofen.

»Sie haben mich auch nicht danach gefragt.«

Daniela seufzte. »Nun denn. Valerie ist nun hier.« Sie blätterte in der Akte vor ihr.

Stille legte sich über den Raum. Zwanzig Jahre meines Lebens. Meine schlimmsten Momente und meine schönsten Albträume.

Er lächelte matt, richtete sich nur so viel auf, dass er wieder etwas Haltung zeigte.

»Ich brauche deine Hilfe, Valerie.« Lag in seinen Augen so etwas wie Furcht?

Ich warf Daniela einen kurzen Blick zu.

»Das ist jetzt eine höchst ...«

»... schwierige Situation, ich weiß. Und es tut mir leid.«

Tat es das?

»Das kannst du laut sagen.« Ich sah ihn an. Die Grübchen um die Lippen waren immer noch da. Auch der hohe Haaransatz. Die Farbe der Haare hatte sich geändert: ergraut in zwei Jahren. Er hatte zugenommen. Und dann kamen die Erinnerung an die Einsamkeit im goldenen Ostschweizer Käfig und der Rosenkrieg, als ich wieder allein fliegen wollte. Wie oft hatte ich geweint? Wie oft mir geschworen, nie mehr so schlecht zu mir selbst zu schauen? Wut kam hoch. Scharf und sauer.

»Ich kann dir nicht helfen.« Meine Stimme muss hart geklungen haben, denn Daniela sah von ihren Unterlagen auf.

»Herr Imhofen, heute Morgen wurden Sie gebeten, bei einer Identifizierung mitzuwirken, was Sie auch taten. Dafür möchte ich Ihnen danken.«

Imhofen nickte ihr zu.

»Eine Zeugin hat Sie dabei wiedererkannt. Sie sagte aus, Sie wären gestern Abend um neunzehn Uhr bei den Wohnwägen am Ottisberg gesehen worden.«

Sie suchte in ihren Notizen.

»Die Frau ging mit ihrem Hund spazieren«, sagte sie zu mir. Dann wandte sie sich wieder Imhofen zu: »Sie sagten aus, dass Sie vor der gestrigen Vorführung im Podium noch etwas aus einem der Wohnwägen brauchten und deswegen dort waren.«

»Ich habe mit dem Mord an Camilla nichts zu tun.«

»Was machst du überhaupt hier?«

Er sah mich interessiert an. »Ich bin der Produzent der Serie.«

»Und der Produzent muss bei den Dreharbeiten dabei sein?«

»Ich liebe es, in meinen Alltag Abwechslung einzubauen.«

»Das weiß ich«, sagte ich scharf, hatte ich es doch am eigenen Leib erfahren.

»Das ist doch jetzt schon lange her, Valerie.«

Der Ton seiner Stimme ließ meinen Magen reagieren. Menschen ändern sich nicht. Sie legen sich neue Kleider zu.

»Ich weiß nicht, wie ich dir hier helfen soll.«

»Valerie, ich ...«

»Ich will es eigentlich gar nicht wissen.« Ich stand auf und wandte mich zur Tür.

»Valerie, warte ...«

Ich hielt inne und hob die Hand.

Beat verstummte. Als ich mich zum Tisch umdrehte, wirkte er wie ein verstörtes Kind vor dem Schuldirektor.

»Du hast zwanzig Sekunden.«

KAPITEL 6

Er sah von mir zu Daniela, dann auf seine Hände.

»Es tut mir leid«, sagte er leise. »Aber ich kann es auch nicht wiedergutmachen, verstehst du?«

Er blickte mich an. »Ich bitte dich, ich habe nichts mit dem zu tun. Ich hätte Camilla nie etwas antun können.«

»Es hat auch nichts mit mir zu tun. Gib mir einen guten Grund, weshalb ich dir helfen sollte?«

»Wir sind es Camilla schuldig, den Täter zu überführen.«

»Gut. Gib mir zwei gute Gründe, weshalb ich dir helfen sollte.«

»Du kennst mich. Ich könnte niemanden töten.«

»Wer war Camilla?«

»Camilla war eine der beiden Assistentinnen auf dem Set. Sie kümmerte sich um Kaffee, Kleider, Essen, Taxi ...«

»Und wieso wollte sie jemand töten?«

»Ich habe keine Ahnung. Seit heute Morgen überlege ich mir, wer es auf sie abgesehen haben könnte, und finde einfach keinen Grund für einen Mord.«

»Menschen haben Geheimnisse.«

»Alle liebten Camilla. Hast du gewusst, dass es heutzutage sehr schwierig ist, gute Set-Assistenten zu finden?«

Das interessierte mich nicht im Geringsten.

»Jedes Opfer hat Geheimnisse«, erwiderte ich. »Sie dienen dem Mörder meistens als Motiv. Sonst wäre sie nicht tot.«

Ich kam mir stehend plötzlich fehl am Platz vor und setzte mich wieder. Meine Jacke behielt ich aber an, obschon es im Zimmer warm war.

Im Grunde viel zu warm.

»Was hast du denn gestern Abend geholt?«

»Du hilfst mir also?« Hoffnung klang in seiner Stimme mit, die aus seinen Augen wieder verschwand, als ich nicht antwortete.

»Ich hatte meinen Laptop vergessen.«

»Wieso brauchtest du einen Laptop für das Event im Podium?«

»Also nicht direkt für den Abend, aber ich profitierte davon, wieder in Düdingen zu sein. Unser Hotel ist hier in Fribourg.«

»Hast du Camilla gestern Abend irgendwo gesehen, als du bei den Wohnwägen warst?«

Er schüttelte betreten den Kopf.

»Hast du irgendjemand anderen gesehen?«

Abermals verneinte er.

»Irgendetwas bemerkt? Gehört?«

Imhofen schwieg und blickte auf seine Hände.

Ich seufzte und warf Daniela einen Blick zu. Sie nickte nur, stand auf und verließ den Raum. Kurz darauf war sie mit einem Polizisten in Uniform zurück. »Bitte begleiten Sie diesen Herrn hier in seine Zelle.«

»Zelle?« Imhofen hatte Panik in der Stimme. »Ich habe nichts getan. Sie können doch nicht ...«

Daniela blickte ihn kühl an. »Sie verstehen doch, dass wir Ihre Aussage zuerst überprüfen müssen. Bis dann bleiben Sie in Gewahrsam.«

Der Polizist forderte Imhofen auf, mit ihm den Raum zu verlassen.

»Das können Sie doch nicht tun. Ich will meinen Anwalt sprechen.«

»Das ist Ihr gutes Recht. Ich werde dafür sorgen, dass Sie ihn anrufen können.«

Ich atmete auf, als die Tür sich hinter den Männern schloss. Daniela öffnete groß die Fenster.

»Die übertreiben es wieder einmal mit der Heizung.«

»Kannst du ihn wirklich hierbehalten?«

Sie lachte. »Nein, kann ich nicht. Und dafür werde ich sicher einen Rüffel kassieren. Aber sein Gesichtsausdruck war es allemal wert.«

»Du glaubst ihm nicht?«

»Tust du es, Valerie?« Sie drehte dem Fenster den Rücken zu und verschränkte die Arme vor der Brust.

»Ich bin ein bisschen voreingenommen, was Beat angeht.«

Sie setzte sich wieder an den Tisch. »Bisher ist er die einzige Person, mit Camilla Benig zusammen, von der wir wissen, dass sie sich vor Ort befunden haben.«

»Und die Zeugin.«

»Und die Zeugin. Sie kennt aber weder Imhofen noch das Opfer.«

»Wie ist sie eigentlich gestorben?«

»Camilla Benig ist erdrosselt worden.«

»Nicht ertrunken?«

»Laut unseren Informationen war sie tot, bevor man sie in den Weiher beförderte.«

KAPITEL 7

Als ich das Kommissariat verließ, war ich wegen meiner Begegnung mit Beat ganz durcheinander, hatte zwölf Anrufe in Abwesenheit und sieben WhatsApp-Nachrichten von meiner Mutter.

Es würde ein langer Tag werden.

Ich versuchte, Bärbel zurückzurufen, aber sie ging nicht ans Telefon. Ich versuchte es auf der Festnetzlinie der Buchhandlung. Ohne Erfolg.

Im Zug nach Düdingen ließ ich mir das Gespräch noch einmal durch den Kopf gehen.

Diese Camilla war zur selben Zeit wie Beat vor Ort gewesen. Was wollte sie dort? Wollte sie Beat treffen, und als er sie tot vorfand, hat er Panik gekriegt? Irgendwie würde das zu seinem Charakter passen. Vielleicht auch zu dem schlechten Gewissen, das ich gespürt hatte. Aber es war natürlich reine Spekulation. Ich konnte nur davon ausgehen, was ich von Beat wusste.

Und das basierte mehr auf einem Eindruck, als auf Tatsachen. In den zwei Jahren, seit ich ihn das letzte Mal gesehen hatte, konnte sehr viel passiert sein. Er wirkte verängstigt. Nicht verängstigt wie ein Mörder, der sich davor fürchtet, entdeckt zu werden. Aber verängstigt wie jemand, der um sich selbst fürchtete. Hatte er etwas gesehen?

Ich googelte Camilla Benig und wurde fündig. Lange brauchte ich das Porträtfoto nicht zu betrachten, bevor mir dämmerte, warum Beat beim Dreh dabei war. Hatte Beat etwa ein Auge oder zwei auf Camilla geworfen? War er ihr gefolgt? Wenn ja, warum? Und dann war da noch die Sache mit dem Nachthemd.

Ich startete eine neue Recherche. Hannah Mimi Badener. Zirka fünfzig, hochgewachsen, schlank, markante Wangenknochen, rote Haare, graue Augen und eine etwas zu lange Nase. Irgendetwas musste ich ja finden. Sie wirkte so wunderbar weiblich, dass ich fast eifersüchtig wurde. Aber eben nur fast. Während ich durch die einzelnen Bilder scrollte, wurde mir klar, dass sie sicherlich keinen einfachen Charakter haben musste. Wie würde sie reagieren, wenn eine ihrer Assistentinnen in ihrer Requisite nachts umherlief? Wie würde ich an ihrer Stelle reagieren? Ich legte das Handy weg und stand auf, als die S-Bahn in den Düdinger Bahnhof einfuhr.

Ich hatte mit Daniela vereinbart, dass ich mich umhören würde. Nicht seinetwegen, sondern Camillas wegen. Beat hatte mich da richtig eingeschätzt und darüber ärgerte ich mich, während ich an der ›Gmüesegge‹ vorbeiging, um dann vom wenigen Verkehr zu profitieren und beim ›Hotel des Alpes‹ die Straße ohne Fußgängerüberweg zu überqueren.

Wieso war die Filmcrew nicht hier in Düdingen abgestiegen? Hatte das mit Badener zu tun? Sie kam auf manchen Bildern ziemlich selbstsicher, ja fast schon arrogant herüber. Natürlich konnte ich begreifen, dass ein ganzes Team lieber etwas abseits des Geschehens schlief. Schließlich mussten sie davon ausgehen, dass man sie beobachten würde.

Das Glöckchen am Eingang verriet mich.

»Zum Glück war er hier, wenn du schon nicht ans Telefon gehst.« Bärbel hatte beide Hände in die Hüften gestützt. Ihre Ärmel waren hochgekrempelt und ihr Gesicht zeigte einen roten Farbton, der mehr auf Anstrengung als auf Wut hindeutete.

Donnie grinste schief hinter der Theke bei der Kaffeemaschine.

»Muss ich dich daran erinnern, dass ich bei der Kriminalpolizei war?«

»Na und?«, sagte Bärbel. »Zum Glück kam Donnie und hat mir geholfen. Der Junge ist Gold wert.«

»Das klang heute Morgen irgendwie anders. Was war denn los?«

»Brauchte ein paar Lesetipps für Kunden.«

Ich verdrehte die Augen.

»Barbara hat das sehr gut gemeistert. Sie hat mich angerufen und so konnte ich mit dem Kunden direkt reden«, ging Donnie dazwischen.

»Tja und dann habe ich meinen Charme spielen lassen. Du kennst mich ja.«

»Und, etwas verkauft?«

»Dutzendweise, meine Gute.«

»Nach dem vierten Anruf bin ich dann gekommen, um zu helfen.« Donnie zwinkerte mir zu. »Wie war dein Ausflug?«

»Hast du diesen Habdichetwas gesehen?«, wollte Bärbel wissen.

»Nein, Mutter. Aber Beat.«

Ich konnte zusehen, wie sie bleich wurde »Der ... dieser ... Beat? Dein Beat?«

»Er ist nicht mein Beat. Aber wir sprechen von derselben Person, ja.«

»Ich hab's gewusst, da ist was faul.«

»Ist es immer, wenn jemand gewaltsam stirbt, Mutter.«

»Was hat denn der nun hier zu suchen?«

»Er ist der Produzent von ›Tell&Walter‹.«

»Aber wieso muss der beim Dreh dabei sein?«

»Hab ich ihn auch gefragt. Allerdings habe ich erst einen Verdacht, seit ich ein Bild der Verstorbenen gesehen habe.«

»Du meinst, die hatten was?«

Ich seufzte. »Du kennst ja Beat.«

»Also der Beat war ...«, wandte sie sich an Donnie.

»Ich glaube, es ist an der Zeit, dass du dich um Ernst kümmerst«, unterbrach ich sie. »So lange wie der jetzt warten musste ...« Ich machte ihr große Augen. Sie sah mich empört an, dann fiel der Groschen.

»Ernst, natürlich. Den hatte ich ganz vergessen. Das arme Tier.« Sie sah von mir zu Donnie und zurück. Da niemand von uns etwas sagte, blieb ihr nichts anders übrig, als sich in Bewegung zu setzen und sich ihren Mantel zu holen.

»Danke für dein spontanes Einspringen.« Ich begleitete sie zur Tür.

»Mach ich doch gern. Habt Spaß.« Sie zwinkerte Donnie zu und verließ den Laden, während ich innerlich und äußerlich aufatmete.

»Tut mir leid.«

»Keine Ursache. Es war besser, vor Ort zu sein.«

Und damit hatte er mit Sicherheit recht.

»Dein Ex-Mann ist also aufgetaucht?« Ich sah ihn kurz an. War da ein Unterton zu hören?

»Er wurde durch eine Zeugin identifiziert und gibt auch zu, gestern Abend vor der Aufführung noch seinen Laptop aus einem der Wohnwägen geholt zu haben. Die Tote hatte er aber nicht gesehen.«

»Glaubst du ihm?«

»Ich glaube ihm seit der Scheidung kein Wort mehr. Aber ich kann mir auch nicht vorstellen, dass er jemanden töten könnte.«

»Wieso war die Zeugin dort?«

»Sie ging mit ihrem Hund spazieren.«

»Hat sie die Tote gesehen?«

»Nein, nicht gestern Abend.«

»Ich verstehe nicht ...«

»Sie war diejenige, die die Tote heute Morgen fand.«

KAPITEL 8

»Wie war übrigens dein Abend im Podium?«

Ich brauchte frischen Wind in meinen Gedanken. Donnie hantierte an der Maschine herum und bald schon roch es nach köstlichem Kaffee. Er wusste, was meine Seele in diesen Momenten brauchte.

»Ganz interessant. Es fing ein wenig spät an, weil wir auf den Regisseur warten mussten.«

»Waren alle Schauspieler zugegen?«

»Badener und Habdichlieb waren da, ja.« Er stellte die Tasse mit dem Logo der Buchhandlung vor mich hin. »Zuerst gab es eine Ansprache, dann kamen die Schauspieler kurz zu Wort und dann sahen wir uns die drei neuen Folgen der Woche an. War noch vor Mitternacht wieder zu Hause.«

»Das klingt irgendwie enttäuscht.«

»Bin ich auch ein bisschen. Hätte mir gewünscht, mehr über die Menschen hinter der

Serie zu erfahren. Hast du die Folgen gesehen?«

Ich schüttelte den Kopf. »Habe gelesen.« Eine gute Lügnerin war ich nie gewesen, aber ich habe meine Prinzipien. Donnie, wenn er es denn merkte, ging nicht darauf ein. Ich nahm einen Schluck Kaffee.

»Was ist dein Eindruck von Badener?« Die Frau ließ mich nicht mehr los.

»Badener?« Donnie überlegte kurz. »Sie nahm eindeutig am meisten Platz ein. Alle waren schon auf der kleinen Bühne und mussten warten, bis sie sich auch dazugesellte. Sie weiß sich in Szene zu setzen und geht nicht gerade zimperlich mit den anderen um.«

»Ein schwieriger Charakter?«

»Ein wilder Charakter würde ich sagen.«

Ich nickte schweigend.

»Ich rede erst einmal mit dieser Petra, die die Tote gefunden hat. Und dann muss Beat mir helfen, den Zugang zu den anderen zu finden.«

»Was sagt Daniela dazu?«

»Ich höre mich ja nur um.«

Donnie grinste, wurde aber von der Türglocke abgehalten, eine weitere Bemerkung fallen zu lassen.

»Guten Tag, Herr Biady«, begrüßte er den Kunden. »Noch einen Krimi?«

»Hallo, Herr O'Sullivan. Wie haben Sie das erraten?«

»Ich weiß, was ich empfehle. Einen kleinen Augenblick. Ich habe Ihnen die anderen beiden Bücher der Serie zur Ansicht kommen lassen. Ich hole sie schnell.«

Donnie verschwand im Räumchen.

»Hallo, Herr Biady. Schöner Tag heute, nicht wahr?« Ich tat so, als ordnete ich Lieferscheine.

»Ist es in der Tat. Aber nicht für alle.«

»Wie meinen Sie das?«

»Haben Sie das mit der Toten im Moos nicht gehört?« Er sah mich mit großen Augen an.

»Eine tragische Sache.«

»Und das hier in Düdingen.« Er schüttelte den Kopf. »Ich hatte sie am Vortag noch in der Nähe der Migros gesehen. Und nun ist sie tot.«

Ich nahm einen Ordner zur Hand, lochte die Blätter und reihte sie ein. Donnie kam mit Büchern zurück.

»So, Herr Biady. Hier sind die Folgebände.«

Der Mann trat an die Theke heran und beäugte die Titelbilder.

»Ich warte schon ungeduldig auf den nächsten Band. Der ist für das Frühjahr angekündet.«

»Wissen Sie«, wandte sich Biady an mich, »das Schlimmste an dieser Geschichte ist doch, dass man sie mit Sicherheit verwechselt hat.«

»Wie kommen Sie denn da drauf?«

»Sie trug doch das Nachthemd. Es war dunkel. Von hinten muss sie schwer erkennbar gewesen sein.«

Ich warf Donnie einen kurzen Blick zu. »Das kann sein.«

»Nichts ist trügerischer, als eine offenkundige Tatsache, sagte schon Sherlock Holmes.« Herr Biady zückte seine Brieftasche. »Ich nehme beide«, sagte er zu Donnie.

»Vielen Dank.« Er scannte die ISBN-Nummern ein. »Macht dann neunundzwanzig Franken achtzig.«

Biady bezahlte und nahm die Bücher entgegen. »Habt vielen Dank. Und auf bald!«

»Wünsche Ihnen einen schönen Tag.«

Ich wartete, bis sich die Tür hinter ihm geschlossen hatte. »Wenn er recht hat, dann müsste der Mörder erwartet haben, Badener im Nachthemd vorzufinden.«

»Abgelegener Ort, Nachthemd. Klingt eher nach einer heimlichen Verabredung als nach Mord mit Absicht.«

»Erklärt aber nicht, weshalb Camilla dort war.«

»Und warum Badener nicht.«

KAPITEL 9

Es konnte durchaus sein, dass unsere Zeugin zwar Beat beobachtet, aber Camilla nicht gesehen hatte. Ich wartete auf einer Sitzbank am Weiher und konnte von hier die Wohnwägen nicht einmal erahnen, sah aber vor meinem inneren Auge Camilla im Wasser liegen. Mich fröstelte und ich zog meinen Mantel enger um mich. Ein Blick auf meine Uhr zeigte mir, dass ich mich noch in etwas Geduld üben musste. Menschen sind Gewohnheitstiere. Hunde auch. Wenn Petra gestern um die neunzehn Uhr spazieren ging, standen die Chancen gut, dass sie es heute zur selben Zeit tun würde.

Ein leichter Nebel verklärte die Sicht und ließ die Silhouetten der Bäume dunkel zurück. Ein Setting wie für einen Schauerroman. War das der Kick gewesen? Eine Art Rollenspiel und dieses aufregende Gefühl, entdeckt werden zu können?

Als Erstes hörte ich die Hundepfoten auf dem Herbstlaub. Dann kam ein Retriever auf dem Weg in meine Richtung. Als er mich sah, blieb er stehen und neigte den Kopf zur Seite, als wollte er mich fragen, was ich da tat.

»Hallo, du«, sagte ich leise. Seine Ohren spitzten sich. Dann warf er einen Blick auf den Weg zurück und näherte sich mir vorsichtig. Ich streckte ihm meine offene Hand entgegen, die er kurz beschnüffelte.

»Bist ein Guter«, lobte ich ihn und kraulte ihm den Kopf. Er ließ mich gewähren.

Als Nächstes erschien eine Frau. Sie kam aus derselben Richtung und entstieg dem Nebel wie Phönix aus der Asche. Sie sah zu mir herüber.

»Ach, das tut mir leid.« Sie trat näher. Der Hund legte sich mir zu Füssen.

»Das macht doch nichts. Wie heißt er denn?«

»Zoé.«

»Eine sie also.« Ich sah ihr die Unsicherheit an und konnte mir denken, dass sie ganz andere Reaktionen erlebt haben musste.

»Und ich bin Valerie.«

»Freut mich. Petra.« Sie zögerte kurz, dann setzte sie sich zu mir.

»Ein schöner Ort zum Verweilen.«

»Nicht wahr? Ich liebe ihn auch.«

Sie legte die Hundeleine neben sich auf die Bank.

»Brauchte heute eine kleine Auszeit nach dem Tag in der Buchhandlung.«

»Das warst also du, die den Mut hatte, ihren Träumen zu folgen?«

Ich musste schmunzeln. In ähnlicher Form hatte ich das schon mehrfach gehört.

»Ja, das bin ich.«

Wir schwiegen einen Augenblick.

»Zoé hat ein gutes Gespür für Menschen.«

»Sie scheint dich jedenfalls zu mögen.«

Ich drehte mich zu ihr hin. »Ich möchte ehrlich mit dir sein, Petra. Ich habe auf dich gewartet.«

Sie sah mich zuerst erstaunt, dann misstrauisch an.

»Es geht um gestern«, gab ich zu. »Dürfte ich dir einige Fragen stellen?«

Berlinger sah sich um, als wäre da irgendwo eine Kamera versteckt, die es zu entdecken galt.

»Wie hat Zoé gestern Abend reagiert, als sie Camilla im Wasser fand?«

Erneut wirkte Petra überrascht.

»Zoé?« Sie überlegte kurz. »Sie stand dort drüben auf dem Weg und fixierte die Tote, die beim Schilf im Wasser lag.«

»Hat sie gebellt?«

»Nein, sie hat geknurrt.«

»Als drohte Gefahr?«

»Sie wusste jedenfalls nicht, wie mit der Situation umzugehen.«

»Und dann kamst du hinzu.«

»Sie bewegte sich keinen Millimeter von der Stelle, auch nicht, als ich ins Wasser stieg. Ist das denn wichtig?«

»Hast du sie schon einmal so reagieren sehen?«

»Was für Fragen du hast ... lass mich mal überlegen ... ich kann mich nicht erinnern.«

»Hattest du das Gefühl, allein zu sein?«

»Du meinst, da war noch jemand?«

»Könnte Zoés Verhalten erklären.«

Berlinger sah auf ihre Hündin hinab und gab dem Verlangen nach, sie zu berühren.

»Daran habe ich gar nicht gedacht. Ich war so auf die Person im Wasser konzentriert, dass ich alles um mich vergaß.«

»Kanntest du sie?«

Berlinger schüttelte den Kopf. »Ich habe die arme Frau nie zuvor gesehen.«

»Auch den Mann nicht, den du heute Morgen identifiziert hast?«

Sie drehte sich nun zu mir um. »Sag mal, was sollen all die Fragen?«

»Der Mann, den du identifiziert hast, ist mein Ex-Mann Beat.«

»Oh ...«

»Habe ich auch gesagt. Vor allem, weil ich ihn seit zwei Jahren nicht mehr gesehen habe. Seit dem Scheidungsurteil, um genau zu sein.«

»Das tut mir leid.«

»Muss es nicht. Hast du ihn vorher schon einmal gesehen?«

Sie schüttelte den Kopf. »Nein. Ich sah ihn zum ersten Mal beim Vorbeigehen, als er in einen der Wohnwägen einsteigen wollte.«

»Wieso bist du dir so sicher, dass er es war?«

»Die Vorhänge vor den Fenstern waren zwar zugezogen, aber das Innere hell erleuchtet. Als er Schritte hörte, hat er sich kurz umgedreht. So konnte ich sein Gesicht ganz deutlich sehen.«

»Und das war etwa um dieselbe Zeit wie heute?«

Sie blickte kurz auf ihre Armbanduhr. »Ja, muss um sieben, höchsten Viertel nach sieben gewesen sein.«

»Der Wohnwagen war hell erleuchtet, sagst du?«

Sie nickte. »Ist das wichtig?«

Und ob es das war. Denn damit war klar, dass Beat Daniela und mich angelogen hatte.

KAPITEL 10

»Wo ist Beat?«

»Hallo, Valerie. Schön dich am Telefon so frisch und fröhlich mitzuerleben.«

»Er hat gelogen.«

»Wie das?« Ich hörte, wie Daniela am anderen Ende den Hörer zwischen Schulter und Kopf eingeklemmt haben musste. Ihre Stimme drang von etwas weiter weg zu mir.

»Also direkt gelogen hat er nicht ...«

»Aber?« Ich hörte das Geräusch von Geschirr, das gegeneinander schlug und fließendes Wasser.

»Ich habe mit Petra gesprochen. Sie sagte mir, sie hätte Beat identifizieren können, weil der Wohnwagen hell erleuchtet gewesen ist.«

»Ich kann dir nicht folgen. Moment mal.« Die Geräusche im Hintergrund verstummten. Dann war Daniela wieder da. Dieses Mal hatte ich all ihre Aufmerksamkeit.

»Er hat uns gesagt, er wollte nur einen Laptop holen.«

»Hat er, ja.«

»Wenn ich mir das so vorstelle, dann tappst er durch die anbrechende Dunkelheit bis zu einem Wohnwagen, öffnet ihn ...«

»... und knipst erst dann das Licht an. Natürlich.«

»Es muss also noch jemand anderes dort gewesen sein.«

»Deinen Beat musste ich gehen lassen. Es ging keine halbe Stunde, bis der Anwalt uns per Mail unmissverständlich klarmachte, dass wir ihn freilassen sollten.«

»Er ist nicht mein Beat. Weißt du, wo er sich jetzt befindet?«

»Keine Ahnung. Im Hotel vielleicht ...«

»Ich muss mit ihm sprechen.«

»Geh nicht allein. Ich komme dich holen.«

Der Wind nahm zu, als ich von der Tunnelstraße auf der Toggelilochbrücke in Richtung Bahnhof ging. Ich vergrub mein Gesicht in meinem Schal und durfte mir einfach nicht vorstellen, rund dreißig Meter über dem Abgrund zu gehen. Auch wenn der Abschnitt breit genug war, so lag er zu dieser Stunde verlassen vor mir. Tief unten floss der

Düdingerbach. Überlieferungen zufolge kann man im bewaldeten Einschnitt unterhalb des Dorfzentrums Gespenstern begegnen, einem Toggeli eben.

In der Sensler Mundartsprache steht der Begriff für einen Albtraum. Der Ort machte der Überlieferung alle Ehre. Mich fröstelte und ich sehnte mich nach einem heißen Bad und einem Glas Rotwein. Aber das musste nun warten. Beat hatte gelogen.

Sofort kam Wut hoch und gab meinen kalten Wangen wieder eine Farbe. Ich bemühte mich, die mich mit ihm verbindende persönliche Geschichte und den aktuellen Fall auseinanderzuhalten. Es gelang mir nicht. Immer wieder vermischten sie sich in meinen Gedanken. Diese Wut im Unterbauch, dieses Gefühl des Verratenwerdens. Die Hilflosigkeit gegenüber jemandem, der dein Vertrauen für Spaß aufs Spiel setzte.

Auch im Fall Camilla waren mir nun die Hände gebunden. Ich konnte nur agieren, wenn ich neue Informationen erhielt. Und die erhoffte ich mir von Beat. Das behagte mir ganz und gar nicht.

Ich atmete einmal tief durch und war froh, als ich Danielas Wagen erblickte, der auf den

Bahnhofplatz fuhr. Sie hielt neben mir und ließ das Fenster nach unten.

»Du siehst aus, als hättest du ein Gespenst gesehen.«

Ich schnitt ihr eine Grimasse und stieg ein. Sie hörte Musik aus den sechziger Jahren. Nach nur wenigen Takten waren alle Toggelis der Welt vergessen. Und mit der Stimme von Elvis hatte ich mich auch gleich mit den Männern dieser Welt wieder versöhnt.

Sie verließ Düdingen über den Verkehrskreisel vor der Autobahnbrücke und kurz darauf fuhren wir Richtung Fribourg.

»Sie sind im ›Alpha‹ abgestiegen, gleich neben dem Bahnhof.«

»Gibt es Neues?«

Ich sah auf die Wagen vor uns, spürte ihren kurzen Seitenblick. Sie setzte zu einem Überholmanöver an. Der Blinker zerstörte den Rhythmus des Liedes für einen Augenblick.

»Wir haben Petra Berlinger geprüft und sehen keinen Grund, ihr nicht zu glauben. Mit den anderen müssen wir erst noch reden. Wir suchen immer noch nach der Tatwaffe. Wir haben auch Taucher an den Weiher beordert, und hoffen, vielleicht auf diese Weise neue Erkenntnisse zutage zu fördern.«

»Camilla und Beat waren zur Tatzeit vor Ort. Aber da muss mindestens noch jemand anderes gewesen sein.«

»Wer alles Zugang zum Ort hat, kann ich dir sagen. Zimmerer, der Regisseur, dann Badener, Habdichlieb. Aber auch der Kameramann Brian Goff und Sofia Flores, die zweite Assistentin.«

»Goff ... Goff ... das sagt mir etwas.«

»Er gab einige Interviews, als er für den Bestatter die Kamera führte.«

»Ich will mit Badener reden.«

»Das möchte ich auch, Valerie. Seit heute Morgen vertröstet sie uns wegen einem Migräneanfall.«

»Dann bringen wir ihr eben ein Schmerzmittel.«

Daniela warf mir einen belustigten Blick zu.

»Ehrlich jetzt. Wir müssen abklären, ob der Mörder wirklich Camilla umbringen wollte oder sie für Badener hielt.«

Daniela verließ die Autobahn an der Ausfahrt Fribourg-Süd und bald fuhren wir am Kantonsspital vorbei in Richtung Bahnhof. Das Hotel lag keine fünfhundert Meter vom Bahnhofsgebäude entfernt und überraschte mich mit einer schlichten Einfachheit. Auch Beat mussten wir nicht lange suchen.

Er saß an der Bar.

»Du hast gelogen«, fuhr ich ihn an und warf meine Tasche mit so viel Schwung auf den Tresen, dass der Barkeeper zusammenzuckte.

KAPITEL 11

Daniela gab ihm zu verstehen, dass alles in Ordnung war und bestellte zwei Bier. Beat blickte nicht von seinen Händen auf. Auch nicht, als ich mich genervt neben ihn auf den Barhocker setzte.

»Du warst nicht allein im Wohnwagen.«

Er fuhr sich mit beiden Händen übers Gesicht. Anscheinend war er schon eine Weile hier. »Das ist kompliziert.«

»Dass ich nicht lache.«

Der Barkeeper stellte zwei Gläser vor mich hin. Ich wartete kurz, bis er sich wieder außer Hörweite befand. »Du hattest etwas mit Camilla.«

»Es ist nicht, wie du denkst.«

»Und wie sollte ich denn denken?«

Statt mir zu antworten begann er, die Taschen seines Blazers abzutasten. Schließlich wurde er in seiner rechten Außentasche fündig. Er reichte mir einen gefalteten gelben Post-it. Ich wechselte einen Blick mit Daniela, dann öffnete ich ihn.

Triff mich heute Abend um 7 im Wohnwagen.

»Was soll ich damit?«, fragte ich wirsch, machte mit meinem Handy aber trotzdem ein Foto, bevor ich die Nachricht Daniela weiterreichte.

Er schaute mich träge an. »Ja, da war etwas. Zumindest ein gegenseitiges Interesse war da. Und nein, sie war nicht im Wohnwagen, als ich ankam.«

»Wieso hast du das nicht früher gesagt?«

Er zuckte die Schultern. Ich hätte ihn schütteln können.

»Wie weißt du, dass diese Botschaft von Camilla stammt?«

»Von wem denn sonst?«

Ich verdrehte die Augen. »Du bist unmöglich! Wie wusstest du, welchen Wohnwagen sie meinte?«

Er sah mich belustigt an. »Na, derjenige, in dem das Licht an war.«

Wenigstens das hatten wir also geklärt.

»Und als du ins Wohnmobil stiegst ...?«

»Da war niemand.«

»Ist dir etwas aufgefallen? Gläser, die man vorbereitet hatte? Irgendetwas?«

Einen Augenblick starrte er vor sich hin, dann schüttelte er träge den Kopf. »Sie war nicht da.«

»Hast du sie gesucht?«

Abermals schüttelte er den Kopf. »Ich habe auf sie gewartet. Dann bin ich an die Vorführung im Podium.«

»Aber sie war auch nicht dort.«

»Nein, ich habe sie gestern Abend nicht gesehen.«

Nachdenklich nahm ich einen Schluck Bier.

»Wie lange hast du auf sie gewartet?«

»Halbe Stunde vielleicht. Vielleicht etwas mehr. Vielleicht weniger.«

»Und du hast während dieser Zeit nichts gehört und niemanden gesehen?«

Er schüttelte den Kopf. »Niemanden.«

Ich brauchte eine kurze Pause, um zu überlegen. Stammte die Mitteilung von Camilla, musste sie jemand bei den Vorbereitungen überrascht haben. Stammte sie nicht von ihr, wollte jemand Beat vor Ort haben. Aber warum?

»Das verstehe ich nicht«, sagte ich laut. Beat lachte und leerte sein Glas. »So, jetzt ist genug. Ich muss schlafen. Wünsche eine gute Nacht« Er stieg unsicher vom Barhocker und deutete so etwas wie eine leichte Verbeugung an. Ich blickte ihm nach, wie er mit leicht torkelnden Schritten in Richtung des Aufzugs davonging.

Daniela setzte sich neben mich.

»Cheers.« Sie hob ihr Glas und wir stießen an.

»Das war's also mit seinem Alibi«, sagte sie und stellte das Glas zurück auf den Bierdeckel.

»Da hat jemand aber ganz schönen Aufwand betrieben, nur um sicherzugehen, dass Beat vor Ort war«, sagte ich nachdenklich. »Können wir davon ausgehen, dass diese Person vom beginnenden Interesse zwischen den beiden wusste?«

Ich folgte einer Eingebung und schickte das Foto des Post-its an Donnie.

»Darauf kannst du wetten. Stammt die Nachricht tatsächlich von Camilla, muss sie jemand überrascht haben. Sie streiten sich und dabei kommt es zu Handgreiflichkeiten. Und dann ist sie tot. Was tun? Da es in diesem Szenario nicht um vorsätzliche Planung des Todes geht, muss eine schnelle Lösung her.«

»Der Weiher.«

»Genau.«

Donnie hatte zurückgeschrieben: Ich kümmere mich drum.

»Die Theorie würde wiederum das Nachthemd bestätigen. Camilla entkleidet sich für eine romantische Überraschung. Sie hört jemanden kommen. Als die Tür aufgeht, steht aber nicht Beat vor ihr. Sie greift nach dem Erstbesten.«

»Dem für den Dreh vorbereiteten Nachthemd.«

»Und wenn die Nachricht nicht von Camilla stammt?«

»Dann hat Camilla vielleicht dieselbe Botschaft erhalten.«

KAPITEL 12

Badeners Zimmer befand sich im obersten Stock. Sie empfing uns mit dem Regisseur Klaus Zimmerer in einem beige und braun gehaltenen separaten Wohnbereich. Der Zimmerservice hatte Tee auf dem gläsernen Couchtisch bereitgestellt. Eine Pflanze stand neben dem großzügigen Sofa, ein Lesesessel zierte die andere Ecke. Braune Lichtschutzvorhänge rahmten das Fenster.

Zimmerer holte den kleineren Stuhl vom Tisch unter dem Flachbildfernseher. Badener hatte bereits auf dem Sofa gesessen und blieb auch dort, als wir eintraten. Es war der Drehbuchautor, der uns die Tür öffnete.

Hochglanzmagazine auf dem Nachttisch, ein offener Laptop auf dem Arbeitstisch. Es roch nach teurem Parfüm und einem Hauch von Zigarettenrauch.

»Ich arbeite immer irgendwie«, entschuldigte

sich Zimmerer, als er meinem Blick folgte. Mit schnellen Schritten war er beim Tischchen und klappte das Notebook zu.

»Aber setzt euch doch.«

Ich schnappte mir den Sessel, Daniela den Stuhl.

»Tee? Kaffee?«

Badener musterte mich interessiert.

»Kaffee gern«, sagte Daniela.

»Auch lieber Kaffee.«

Sie nickte und machte mit der Hand eine wedelnde Geste in Richtung Zimmerer, der uns per Telefon unseren Kaffee bestellte.

Badener trug einen seidenen Bademantel, war barfuß und ungeschminkt. Ihre Haare hatte sie zu einem fahrlässigen Pferdeschwanz hochgebunden, was ihren abgespannten Gesichtszügen etwas Hartes gab. Sie wirkte älter als erwartet.

Eine unangenehme Stille legte sich über den Raum. Irgendwo hörte ich eine Uhr ticken.

»Nun denn ...« Zimmerer kratzte sich am Hinterkopf und setzte sich dann zu Badener auf das Sofa. »Was können wir für euch tun?«

»Vielen Dank erst mal, dass Sie Zeit für uns ...«

»Da wir eh nicht weiterdrehen dürfen, können wir uns die Zeit auch so vertreiben«, unterbrach Badener und goss sich eine Tasse Tee ein. Es

71

roch nach Grüntee. Daniela schluckte ihre Bemerkung hinunter und lächelte gutmütig.

»Es geht also um den Tod von Camilla.« Zimmerer versuchte, dem Gespräch eine konstruktivere Richtung zu geben. Daniela nickte.

»Wir haben da einige Fragen an Sie.«

»Es musste ja so kommen.« Badener nahm einen Schluck und schloss dabei die Augen.

»Was meinen sie denn damit?«

»Klaus hat ja schließlich das Szenario dazu geschrieben.«

»Und?«

»So steht es im Drehbuch. Ich sollte laut Skript so getötet werden.«

»So wie Camilla gestorben ist? Stranguliert?«

Badener sah mich kurz aufmerksam an, dann genehmigte sie sich einen weiteren vorsichtigen Schluck Tee.

»Nun ja ... äh ...« Zimmerer kratzte sich am Kopf und wurde durch das Klopfen an der Zimmertür unterbrochen. Als wir unsere Kaffeetassen vor uns hatten, erklärte er uns diesen Umstand.

»Das ist fast ein bisschen peinlich, aber ja, so war es in der Folge geplant. Das weiße Nachthemd ...«

»Klaus ist ein Fan davon ... vor allem wenn ich nichts darunter trage.« Sie stellte die Tasse wieder auf den Tisch.

»Dann sind Sie ... ein Paar?«, fragte Daniela.

Badener lachte schallend auf. »Wie altmodisch sich dieser Gedanke doch anhört.«

Mich interessierte etwas ganz anderes.

»Herr Zimmerer ...« Er winkte ab und ich versuchte es erneut. »Klaus ... könnte es auch sein, dass Camilla auf diese Weise umkam, weil der dazu benötigte Strick sich vor Ort befand?«

Er sah mich kurz entgeistert an. »Daran habe ich gar nicht gedacht. Ich ging davon aus, dass der Mörder mein Skript gelesen hat. Wegen dem Nachthemd und so. Aber natürlich kann das auch gar nichts mit meiner Geschichte zu tun haben.«

»Ich muss diese Frage stellen. Wo waren Sie beide gestern Abend um neunzehn Uhr?«

»Ich war doch mit dir zusammen, vor der Aufführung in diesem Schulhaus.«

»Ja, ich ...« Zimmerer wirkte verunsichert.

»Sag mir, du erinnerst dich nicht mehr daran, was wir gemacht haben?«

Daniela und ich tauschten einen Blick aus.

»Sie war bei mir, ja. Und dann sind wir zur Präsentation.«

»Um welche Zeit kamen Sie zurück?«

Er überlegte kurz. »Das war kurz vor Mitternacht. Oder gleich danach. Was meinst du, Darling?«

Badener wirkte abwesend. Auf seine Frage hin blickte sie hoch.

»So wird es wohl sein.«

KAPITEL 13

»Die verstecken doch etwas!« Ich war aufgebracht, als wir das Hotel verließen, und wusste nicht wirklich, weshalb.

»Wir werden das überprüfen lassen, keine Sorge.«

»Ich verstehe nicht, weshalb Zimmerer zögerte. Er muss doch wissen, was er gestern getan hat, oder nicht?«

»Er wirkte durcheinander. Verständlich, wenn man bedenkt, dass er sich den Mord ausgedacht hatte. Nur in seiner Fantasie wäre es Badener an den Kragen gegangen.«

»Also doch eine Verwechslung?«

»Was sollte er für ein Motiv haben? Er frisst Badener aus der Hand. Und wieso sollte sie ihm ein falsches Alibi geben?«

Ich wusste es nicht. Badener schätzte ich nach der ersten Begegnung eher als Ichmensch ein. Drehte sich nicht das ganze Universum um ihre

Person, bekam sie mit Sicherheit Migräneanfälle.

»Und jetzt?«, fragte ich.

»Jetzt haben wir mit Habdichlieb ein Stelldichein.«

Habdichlieb, der Traum jeder Schwiegermutter, der Schweizer George Clooney, der Liebling der Klatschhefte.

Ich seufzte.

Und seufzte erneut, als wir in das alte Lokal eintraten. Er sah in Realität noch besser aus als in den Hochglanzmagazinen. Ganz dezent in Grautönen und Charme gekleidet, erwartete der Schauspieler uns an einem Tisch mit Blick auf die Fußgängerzone der Rue de Romont.

Als wir uns näherten, stand er auf.

»Da seid ihr ja«, begrüßte er uns fröhlich.

»Danke, dass Sie Zeit für uns gefunden haben.«

»Ist doch selbstverständlich bei dem, was vorgefallen ist. Schrecklich.« Er schüttelte betreten den Kopf und setzte sich wieder. Im Inneren verglich ich ihn mit Badener und wusste, weshalb das Duo so viele Fans hatte. Es ging auch von ihm etwas Theatralisches aus.

»Was darf ich euch bestellen?«

Daniela schüttelte den Kopf. »Ich möchte nicht zu viel Ihrer Zeit in Anspruch nehmen ...«

»Kaffee, gerne.« Sie warf mir einen Blick zu.

»Was?« Ich mimte die Unschuldige.

Habdichlieb sah mich mit einem amüsierten Blick an.

»So ist das Leben«, sagte er und gab der Frau hinter der Bar ein Zeichen.

»Also, was wollt ihr wissen?«

»Wo waren Sie gestern zwischen sieben und acht Uhr?«

»Ich war essen. Im ›Cène‹. Nettes Ambiente. Und erst ihre Languste ... un petit goût du paradis ... ein kleiner Vorgeschmack des Paradieses. Sagt man doch so, oder?«

»Waren Sie allein?«, wollte ich wissen.

Er wartete, bis ich den Kaffee serviert bekam. Habdichlieb blickte der Kellnerin nach. »Nun ja, wenn ich von etwa zwanzig Gästen und einigem an Personal absehe ... vielleicht können wir sogar noch die Person ausfindig machen, mit der ich ein Foto machen durfte?«

»Verstehe«, gab ich klein bei.

»Kannten Sie Camilla gut?«

Er wandte seine Aufmerksamkeit Daniela zu. »Armes Mädchen, nicht wahr? Ich kannte sie, ja. Sie ist zu Beginn der Staffel zu uns gestoßen. Liebevolle Frau. Gute Assistentinnen sind heutzutage ...«

»... Mangelware«, vervollständigte ich den Satz.

Er lächelte. »Genau.«

»Kennen Sie jemanden, der sie hätte umbringen wollen?«

»Nun ja, so gefragt nicht. Aber sie wusste genug über jeden Einzelnen von uns. Das kann plötzlich gewisse Hoffnungen wecken.«

»Wie meinen Sie das?«

»Nun, wüsste ich Intimes über Sie, weil ich tagtäglich damit beschäftigt bin, Ihren Wünschen nachzukommen, dann hätte ich in Ihren Augen plötzlich einen ganz anderen Wert.«

»Wissen Sie denn etwas über Camillas Vorlieben?«

»Fern von mir der Gedanke.« Er lachte. »Ich bin ganz glücklich mit mir selbst.«

»Aber vielleicht andere?«

»Vielleicht.«

Ich überlegte kurz. »Dann sagen Sie, dass es da Annäherungen gegeben haben könnte?«

»Wir sind eine große Familie am Set.«

»Wer das nicht gewohnt ist, kann schnell etwas falsch interpretieren?«

»Möglich.«

»Seit wann sind Sie denn dabei?«, fragte Daniela.

»Seit der ersten Staffel. Klaus Zimmerer kenn ich schon von vorher. Er hat mir die ersten Versuche zu lesen gegeben. Ich wusste, dass es ein Erfolg sein würde.«

»Er nicht?«

»Er hadert oft mit seinem Talent. Wie viele begabte Menschen.«

»Er wirkte verunsichert, als wir vorhin mit ihm sprachen.«

»Das kann ich verstehen. Schließlich geht es um sein Geld. Niemand will doch mit Mord in Verbindung gebracht werden.«

»Ich dachte, Beat sei der Produzent?«

»Beat.« Habdichlieb lächelte amüsiert. »Das ist er auch.«

»Dann sind sie zu zweit?«

Er überging die Frage. »Was ich damit sagen möchte, ist, dass Klaus schnell unsicher wirkt. Und dabei ist es egal, ob er sich um Geld, Liebe oder seinen Ruf sorgt.«

»Zimmerer und Badener sind zusammen?«

Er nickte »Bonnie und Clyde.«

»Und was ist zwischen Ihnen und Badener?«

»Was soll schon sein?«

»Sagen Sie es mir.«

»Da läuft gar nichts und wird nie etwas laufen.«

»Warum denn?«

»Weil ich von den beiden eher Klaus wählen würde.«

Ich kam mir plötzlich etwas albern vor. Aber Habdichlieb nahm es mir nicht übel. Im Gegenteil, es schien ihn zu erheitern.

»Wenn ich an Ihrer Stelle wäre, dann würde ich mal mit Sofia reden. Sie ist die zweite Assistentin auf dem Set. Wenn jemand Ihnen etwas über Camilla sagen kann, dann ist sie es.«

KAPITEL 14

»Camilla war verliebt.«

Wir standen vor den Wohnwagen am Ottisberg. Sofia Flores saß auf der kleinen metallenen Stufenleiter zur Tür und rauchte. Sie war jünger als Camilla, hatte schwarze Haare und wasserblaue Augen. Einige Sommersprossen bevölkerten ihre Nase. Sie hob das Kinn, um den Rauch zu exhalieren.

»Ja, in Beat«, sagte ich etwas voreilig.

Sie schüttelte den Kopf.

»Nein, nicht wirklich. Beat war ihre Chance, den Job zu bekommen. Sie träumte von mehr.«

»Wer dann?« Daniela stellte einen Fuß auf die zweite Stufe neben Sofia. Unbeeindruckt schaute Sofia der Asche zu, die von ihrer Zigarette zu Boden fiel.

»Wer waren Sie noch mal?« Sie musterte erst Daniela, dann mich.

»Ich bin Daniela Burri von der Polizei und das

ist Valerie Birbaum.« Sie machte dabei eine Kopfbewegung in meine Richtung. Flores nahm einen letzten Zug, warf die Zigarette zu Boden und löschte sie mit dem Fuß, als sie aufstand. Sie ließ den Rauch durch die Nase ab.

»Sie träumte davon, in der Produktion zu arbeiten.«

»Zimmerer?«, riet ich.

»Ich habe ihr gesagt, das wäre nichts für sie, dass sie sich die Finger daran verbrennen würde.«

»Ich verstehe nicht ganz ...«

»Der Zimmerer lebt in einer anderen Welt. Der ist so was von verpeilt. Aber Camilla wollte nicht hören.«

»Wo waren Sie gestern Abend zwischen sieben und acht?«

Sie lächelte und richtete den Kragen ihrer Bomberjacke, bevor sie die Hände in den Taschen vergrub. »Ich habe sie nicht umgebracht. Aber ich nehme an, das fragen Sie jeden. Ich war im Pub hier in Düdingen.«

»Waren Sie auch an der Projektion im Podium?«

»Nein, das ist nicht meine Tasse Tee.«

»Wo waren Sie dann?«

»Ich war im Pub.«

»Sie haben den ganzen Abend dort verbracht?«

»Den ganzen, ja. Um Mitternacht haben die dann dicht gemacht.«

»Und dann?«

»Was soll dann schon gewesen sein? Ich nahm den Zug nach Fribourg, trank noch etwas am Bahnhof und ging dann zum Hotel zurück.«

»Allein?«

»Ich schlafe seit sechs Jahren allein und gut.«

»Wer könnte sie getötet haben?«

»Hier hat jeder etwas gegen jeden. An manchen Tagen mehr als an anderen.«

Daniela ließ nicht locker. »Hatte sie sich in den letzten Tagen anders verhalten? Ist Ihnen etwas Ungewöhnliches aufgefallen?«

Sofia nahm sich mit der Antwort Zeit.

Sie traute uns immer noch nicht wirklich. Schließlich gab sie sich einen Ruck. »Ich weiß nicht, ob das helfen kann, aber normalerweise machte Camilla sich zu viele Gedanken.«

»Und das tat sie in letzter Zeit nicht mehr?«

»Seit wir hier angekommen sind, handelte sie unbeschwerter. Sie wirkte befreit, fast fröhlich.«

»Haben Sie sie darauf angesprochen?«

»Natürlich nicht. Ich wusste, dass sie zu mir kommen würde, wenn die Zeit dafür reif war. Es war schön, sie so zu sehen. Kann ich jetzt gehen?«

»Ich will Sie nicht länger aufhalten als nötig. Danke.«

Sofia nickte uns kurz zu. Daniela sah ihr nach, wie sie in Richtung des Weihers davonging, wo die Taucher immer noch dabei waren, das Wasser zu durchkämmen. Ich konnte das Absperrband durch die Bäume schimmern sehen.

»Eigenartige Frau«, kommentierte sie.

»Ich wage mal eine Hypothese. Camilla hat Klaus erpresst. Hat sie vielleicht mit ihm geschlafen und ihm gedroht, es der Badener zu erzählen?«

Geistesabwesend fischte Daniela ihr vibrierendes Handy aus der Tasche und nahm den Anruf entgegen. Sie hörte einen Moment schweigend zu, dann beendete sie dankend das Gespräch.

»Deine Theorie scheint nicht mal so abwegig. Das waren die Kollegen, die das Alibi von Badener und Zimmerer überprüfen. Sie haben beim Hotel angefangen. Zwar befand sich niemand am Empfang, als die beiden das Hotel verließen, aber die Überwachungskameras zeigen, dass sie das Gebäude gemeinsam verlassen haben. Allerdings kamen sie unabhängig voneinander zum Projektionsabend. Badener traf kurz vor zwanzig Uhr ein, auf Zimmerer mussten alle warten.«

»Was haben sie denn in der Zwischenzeit gemacht?«, wunderte ich mich.

»Daran arbeiten die Kollegen jetzt.«

»Was wir wissen ist, dass Beat bei den Wohnwägen gesehen wurde. Das war um neunzehn Uhr. Er fand den Wohnwagen hell erleuchtet vor und sagte aus, er habe bis halb acht gewartet. Ist Zimmerer der Täter, musste er warten, bis Beat wieder weg war.«

»Und kam deshalb zu spät.« Daniela wurde nachdenklich. »Falls er denn nicht wieder lügt. Was würde passieren, wenn er in den Wohnwagen steigt und Camilla im Nachthemd entdeckt, die auf Zimmerer wartet?«

»Er war ja dort, weil er eine Nachricht erhalten hatte. Ich glaube nicht, dass er es war. Ich kenne ihn«, wehrte ich ab.

»Die meisten Menschen reagieren im Affekt entgegen jeder Logik.« Sie konnte mich nicht wirklich überzeugen. In meiner Vorstellung hing das Bild von Beat als Mörder schiefer als der Turm von Pisa stand. Aber wieso sträubte ich mich eigentlich so gegen diese Theorie?

KAPITEL 15

»Nicht meine Schuld. Als ich vorbeiging, war volles Haus, und Donnie, der Ärmste, ganz klar überfordert.« Bärbel hatte vor Aufregung rote Bäckchen, als ich in die Buchhandlung trat. Donnie warf mir einen entwarnenden Blick zu, während er für zwei Gäste Kaffee zubereitete. Ansonsten war der Laden leer.

»Na, wenn du es sagst.« Ich entledigte mich meines Mantels.

»Du solltest ihn nicht immer so allein lassen. Gutes Personal ist heutzutage ...«

»... Mangelware. Das hab ich heute schon gehört. Danke Mutter.«

Sie sah mich irritiert an. »Nun sag mal, was hast du denn heute für einen Hormonausbruch? Ich wollte doch nur helfen.«

»Das weiß ich zu schätzen.«

»Klingt aber nicht gerade danach. Ich verbringe hier bald mehr Zeit als du. Und du weißt ja, mit der Zeit wird die Zeit immer wichtiger.«

Ich überlegte, was Mutter denn während dieser Zeit gemacht hätte. Es kam mir nichts in den Sinn.

»Nicht jeder kann seine Zeit mit Geldverdienen vergeuden.«

Ich sah sie irritiert an, wurde aber durch neue Kunden an einer Antwort gehindert. Und plötzlich hatten wir alle Hände voll zu tun. Ehe ich michs versah, war es an der Zeit, den Laden zu schließen.

Ich war dabei den Computer herunterzufahren, als das Glöckchen am Eingang noch einmal ertönte.

»Wir schließen«, sagte ich und sah erst dann auf. Als ich Beat dort stehen sah, setzten meine Gedanken für einen kurzen Augenblick aus.

»Na das ist mal eine Überraschung«, kommentierte Bärbel. »Wo sind die Rosen?«

Er sah sie etwas verwirrt an. »Hallo, Barbara.«

»Siehst auch nicht jünger aus. Wie beruhigend.« Sie ging an ihm vorbei zu den Tischen mit den Taschenbüchern. »Vergesst mich einfach. Ich bin gar nicht da.« Sie nahm die ersten Bücher vom Tisch und begann die Auslage neu zu ordnen.

»Rosen?«, fragte Beat und blieb ungelenk

stehen. Donnie warf mir einen Blick zu. Ich winkte ab und kam hinter dem Tresen hervor.

»Valerie, ich brauche deine Hilfe.«

»Meine Hilfe? Warum denn? Die Polizei ermittelt doch schon.«

Bärbel hustete etwas ungelenk. Ich warf ihr einen bösen Blick zu, dann wandte ich mich wieder Beat zu.

»Ach ne! Aber natürlich!« Ich mimte die Überraschte. »Die Tote. Wie konnte ich das vergessen. Und du hast ein Problem damit, weil du mit ihr geschlafen hast. Menschen ändern sich eben nicht.«

Der Satz tat mir leid, noch ehe ich ihn ausgesprochen hatte. Wieso kam diese Wut in mir hoch, wenn Beat vor mir stand? Bärbel blickte mit hochgezogenen Augenbrauen zu uns herüber. Als ich sie ansah, blickte sie weg.

»Ich bin nicht da, ich bin gar nicht da«, murmelte sie.

»Du verstehst das nicht, Vi.«

»Was soll ich denn verstehen?«

»Es tut mir leid ... ich ...«

»Ich habe das schon einmal gehört. Und es hat mir nicht gereicht.« Ich verschränkte die Arme vor der Brust und atmete einmal tief durch. »Hör zu! Wir hatten einen anstrengenden Tag.«

»Ich muss mit dir reden. Unter vier Augen.«

»Das können wir gern tun, aber nicht mehr heute Abend.«

Er sah von mir zu Bärbel und dann zu Donnie hinüber, der die Kaffeemaschine reinigte. Dann nickte er kurz. Die Enttäuschung war in seinen Augen zu sehen.

»Morgen?«

»Ich weiß nicht. Wir werden sehen.«

»Versprochen?«

Ich nickte. »Über was möchtest du denn reden?«

»Ich habe ...« Ihm war sichtlich unwohl, vor den anderen zu sprechen. »Ich habe nicht gelogen, weißt du ...«

»... aber du hast nicht alles gesagt.«

Er nickte betreten. »Ich will nicht, dass da Missverständnisse ... du weißt schon.«

Und ob ich das wusste.

»Lügen haben kurze Beine, rennen aber schneller als die Wahrheit.«

»Nur ist diese ...«

»... etwa kompliziert?«

Er nickte. Einen Augenblick betrachtete ich ihn etwas genauer. Er hatte ein schlechtes Gewissen. Und er hatte Angst. Angst vor mir?

»Dann bis morgen.«

Er blickte sich noch einmal im Laden um, dann atmete er tief durch. »Ja, bis morgen.«

Ich schloss die Tür hinter ihm und verriegelte sie. Als ich mich umdrehte, starrten mich beide an.

»Was ist?«, sagte ich scharf.

»Ich bin gar nicht da«, raunte Bärbel.

»Ich glaube, du solltest einmal ausspannen, Valerie«, sagte Donnie. Ich schnitt ihm eine Grimasse.

»Wie wäre es mit einem Restaurant heute Abend?«

Bärbel machte mir große Augen.

Ich drohte ihr mit dem Wenn-du-jetzt-nicht-auf-der-Stelle-eine-Fliege-machst-Blick.

»Bin schon weg«, sagte sie schnell und verschwand im Räumchen.

»Ich weiß nicht, Donnie.« In Donnies Rücken erschien Bärbels Kopf im Türrahmen.

»Ich bin müde und ...«

Sie machte mir große Augen.

»Komm schon, wir haben das verdient.« Donnie ließ sich nicht beirren. »Es war ein langer Tag, aber wir haben gut gearbeitet. Ich lade dich ein.«

Bärbel nickte vehement. Sie formte lautlose Wörter. Donnie drehte sich um.

»Bin schon weg«, sagte sie und verschwand wieder.

Donnie hatte recht. Es war ein guter Tag gewesen und etwas Ablenkung konnte mir nur guttun.

»Also dann, einen schönen Abend euch zweien.« Bärbel durchquerte eiligen Schrittes die Buchhandlung.

»Mutter!«

Sie blieb wie angewurzelt stehen und drehte sich langsam zu mir um.

»Danke. Für alles.«

Ein Lächeln huschte über ihr Gesicht. »Hab ich doch gern getan.«

KAPITEL 16

»Ich habe dich selten so gesehen. Was ist denn eigentlich los?«

Ich blickte mich etwas hilflos um. In der Pizzeria gab es zwei besetzte Tische und uns. Eine plötzliche Leere machte sich in mir breit. Ein Gefühl, das ich nur allzu gut kannte, hatte ich es doch lange mit mir herumgetragen. Dazumal.

»Es tut mir leid. Aber das ist gerade etwas viel für mich.« Ich spielte mit dem Glas Wein.

»Gefühle, die zurückkommen, waren nie wirklich weg.«

Ich blickte ihn an. »Ich dachte wirklich, ich wäre darüber hinweg.«

»Muss nicht einfach für dich sein. Aber schau doch, wie viel du in so kurzer Zeit auf die Beine gestellt hast.«

»Ich fühle mich in Beats Gegenwart, als wäre ich wieder zwanzig.«

»Hat also auch eine gute Seite.« Er zwinkerte mir zu.

»Hat es nicht. Dieses Gefühl von Hilflosigkeit. Und die Angst. Und ich hasse es, wenn ich die Kontrolle verliere.«

»Und dann kommt Wut auf?«

»Ich muss nicht einmal darüber nachdenken, was er mir alles angetan hat.«

»Ich weiß nichts über deine Ehe.«

»Ich will ihn einfach nicht in diesem neuen Leben haben. Er hat schon genug zerstört. Beat gehört nicht hierher.«

»Aber wovor hast du denn Angst. In ein paar Tagen ist der Mord aufgeklärt und er wieder weg.«

»Du verstehst das nicht. Als ich Düdingen verließ, war es, um aller Welt zu zeigen, wie schön das Leben sein kann. Und er war ein guter Mensch. Zumindest zu dem Teil, an den ich zu glauben wagte. Vielleicht wollte ich den anderen Teil einfach nicht wahrhaben.«

»Du bist ihm also in die Ostschweiz gefolgt?«

Ich nickte, während Bilder hochkamen.

»Die ersten Jahre gingen gut. Ich ... ich genoss den Reichtum eines eigenen Hauses. Er ging arbeiten, arbeitete viel. Wir fanden immer kleine Möglichkeiten, uns wieder zu finden, unternahmen kleine und grosse Reisen, assen in bedeutenden Restaurants, besuchten Theatervorstellugnen und Konzerte.«

Ich schwieg einen kurzen Augenblick, weil ich die Bedienung mit unseren Pizzen auf uns zukommen sah.

»Guten Appetit.« Donnie griff zum scharfen Öl. »Klingt doch wie ein schönes Leben.«

»Ich bemerkte den goldenen Käfig um mich zum ersten Mal, als sich der Wunsch nach Kindern in meinen Gedanken einnistete.«

»Wollte er denn keine?«

»Ich habe erst viel später erfahren, dass er zu dieser Zeit bereits auf anderen Hochzeiten tanzte.«

Donnie hielt in der Bewegung inne und legte die Gabel dann wieder auf den Teller zurück. »Autsch.«

»Und ich habe es nicht gesehen, verstehst du. Ich habe es nicht einmal in Erwägung gezogen. Solche Sachen erlebten andere. Aber wir doch nicht. Das war für immer, verstehst du?«

Er schenkte Wein nach. »Manchmal endet die Ewigkeit schneller, als man denkt.«

»Oh, wie ich mich für meine Einfältigkeit gehasst habe! Er hatte mein Vertrauen für Spaß aufs Spiel gesetzt und ich habe ihm den Raum dafür gegeben. Wie konnte ich mir je selber wieder vertrauen? Meinen Gefühlen? Meinem Instinkt?«

Donnie schwieg.

»Ja, und dann kam in mir diese zerstörerische Wut hoch. Ich begann, systematisch alles plattzumachen, was mir wichtig gewesen war.«

»Doppel-Autsch.«

»Er sollte dafür bezahlen.«

»Nur das hat er nicht, nicht wahr?«

Ich nickte. »Sein Anwalt spielte in einer anderen Liga. Ich hatte kein eigenes Geld, keine Wohnung und soziale Kontakte nur, solange man auf der Sonnenseite steht.«

Donnie hatte schon fast die Hälfte seiner Pizza verdrückt. Von meiner hatte ich mir erst ein Stück abgeschnitten. Sie roch nach meinem neuen Leben. Und der Gegensatz zwischen meinen Gefühlen und diesem Ort trieb mir Tränen in die Augen. Ich schluckte und legte das Stück zurück auf den Teller. Ein großer Schluck Wein half mir, meine Gefühle wieder einigermaßen in den Griff zu bekommen.

»Ihr habt euch scheiden lassen?«

Ich nickte krampfhaft. »Er hat zwar immer beteuert, dass es nicht sein Ziel gewesen war, dass ich mein Gesicht dabei verliere, aber ...«

»... du konntest ihm nicht glauben.«

Ich schüttelte den Kopf. »Wie auch?«

Donnie nickte nachdenklich, faltete ein Viertel seiner Pizza zu einem Sandwich.

»Ich meine, er sagte immer wieder, dass sein Anwalt andere Ziele hatte als er. Aber schließlich ließ er ihm trotzdem freie Hand.«

»Und verletzte dich somit ein weiteres Mal.«

So hatte mir das noch nie jemand gesagt. Donnie sah mich mit gerunzelter Stirn an. »Was?«

»Du hast recht.«

Er wischte sich den Mund ab. »Verletzungen können nicht heilen, wenn man sie immer wieder berührt.«

»Für mich gab es in St. Gallen eh keine Möglichkeit, Fuß zu fassen. Ich beschloss, meinem alten Leben den Rücken zu kehren.«

Eine Weile aßen wir schweigend.

»Du hast also deine Gefühle verdrängt.«

»Ich dachte, ich hätte damit abgeschlossen.«

»Bis er auftauchte.«

»Bis Beat vor mir stand.«

Die Bedienung kam an unserem Tisch vorbei.

»Alles gut bei euch?«, fragte sie.

»Alles gut, danke.«

»Keinen Hunger heute?« Sie nickte zu meinem Teller.

»Es sind große Pizzen.«

»Das sagen alle. Aber Donnie hilft dir bestimmt, oder?«

Der lächelte matt. »Aber nur mit ein wenig mehr Wein.«

»Kommt sofort.«

KAPITEL 17

Als wir die Pizzeria verließen, hatten sich die Wolken in meinem Kopf gelichtet. Gegenüber sah ich das erleuchtete Schaufenster der Buchhandlung. Der Anblick entzückte. Mein Herz fühlte sich warm an. Ganz selbstverständlich hängte ich mich an Donnies Arm, eine Hand auf seiner Schulter.

»Danke«, sagte ich sanft.

Donnie lächelte mich an, nahm meine Hand von der Schulter und küsste sie. Die Berührung jagte mir einen angenehmen Schauer über den Rücken.

»Ich bin froh, dass ich dich habe«, sagte er.

»Wie froh denn?«

»Mehr als Worte es sagen könnten, du Wundernase.«

Ich lachte. Donnie hatte recht. Ich sollte mich auf das konzentrieren, was ich erschaffen hatte, auf das, was ich mir wünschte.

Zum ersten Mal wusste ich, dass er Teil davon sein konnte.

Es war kalt geworden, in den Stunden, die wir in der Pizzeria verbracht hatten. Langsam schlenderten wir der Hauptstraße entlang in Richtung Bahnhof. Der Himmel hing tief. Vereinzelte Autos fuhren an uns vorbei. Die Straßenbeleuchtung zeichnete Kreise auf den Gehsteig. Ich hatte mich bei ihm untergehakt, fühlte mich befreit und ein wenig beschwipst. Alles war plötzlich wieder möglich.

»Was ist denn da los?«

Seine Stimme holte mich aus meinen Gefühlen zurück. Ich blickte zum Bahnhof hinüber. Der Platz war hell ausgeleuchtet. Einsatzwagen der Polizei. Blaulicht, das auf die Häuser farbige Schatten warf, eine Ambulanz, ein Einsatz-fahrzeug der Feuerwehr. Und etliche Menschen in kleinen Trauben. Mit einem Mal war ich hellwach. Die Realität hatte uns wieder.

»Da muss irgendetwas passiert sein.« Erst dann sah ich die S-Bahn, die nur halb in den Bahnhof eingefahren war. Die letzten ungelenken Wagen verschwanden aus der künstlichen Beleuchtung.

»Komm, ich hol noch schnell Geld am Automaten.« Ich folgte Donnie und während er seinen Code eingab, drehte ich mich zum Bahnhofsgebäude um.

»Das ist doch Danielas Wagen.«

Er drehte sich zu mir um.

In mir zog sich alles zusammen. Ganz plötzlich war mir heiß und kalt zugleich. Donnie steckte seine Brieftasche ein.

Dann sah ich sie beim Zugang zu den Schaltern stehen. Sie war mit zwei Männern im Gespräch, nickte immer wieder.

Einem Impuls folgend setzte ich mich in Bewegung.

»Hey, was machst du ...?« Donnie versuchte, mich mit einer Hand zurückzuhalten. Ich schüttelte sie ab und steuerte direkt auf Daniela zu. Sie zögerte keine Sekunde, kam mir entgegen und nahm mich sanft beim Arm.

»Was ist denn ...?« Ich war verwirrt.

»Komm mit.« Sie hielt mich fest, bis wir bei ihrem Wagen standen.

»Was ist denn los?«

Donnie gesellte sich zu uns.

»Wann hast du Imhofen das letzte Mal gesehen?«, fragte sie ernst.

»Beat?« Ich warf Donnie einen verlorenen Blick zu. »Bei Ladenschluss. Er kam vorbei, wollte reden.«

»Über was denn?«

»Sag mal, du machst mir Angst.« Ich schlang meine Arme um mich. »Ich weiß nicht, über was er mit mir sprechen wollte. Ich habe ihn weggeschickt.«

»Er sagte, er wolle keine Missverständnisse aufkommen lassen«, mischte sich Donnie ins Gespräch ein.

»Warum? Was ist da los?« Panik klang in meiner Stimme mit.

»Valerie, Beat ist tot.«

»Das kann nicht sein.«

»Es gab einen Personenunfall.«

»Er hat sich umgebracht?« Entgeistert sah ich sie an. »Das ist nicht lustig.«

Ich machte einen Schritt nach hinten, stolperte. Donnie fing mich auf. Entschieden befreite ich mich, ging auch vor ihm auf Distanz.

Das konnte nicht sein.

Beat konnte nicht tot sein.

»Ich weiß, wie du dich ...«

»Erspar mir dein Mitleid. Er hat sich nicht umgebracht.«

»Der Tote auf den Schienen ist Beat. Da gibt es keinen Zweifel.«

Fassungslos starrte ich zum Bahnhofsgebäude und den Gleisen hinüber.

Mein Kopf war wie leer gefegt.

Ich konnte es nicht begreifen.

Das war unmöglich. Wieso sollte er sich umbringen, wenn er am nächsten Tag mit mir sprechen wollte?

Und dann spürte ich einen Stich in meinem Herz. Der Schmerz kam so urplötzlich, dass mein Atem aussetzte. Mir wurde schwindlig.

Und dann fiel ich in Ohnmacht.

KAPITEL 18

»Wie fühlst du dich?«

Danielas Frage drang von weither in meinen Kopf, wo sie von zahlreichen anderen Stimmen wiederholt wurde. Ich versuchte, mich zu erinnern.

Da war dieser Arzt gewesen. Nach kurzer Untersuchung hat er mir etwas gegeben. Danach verwischten sich die Bilder in meinem Gedächtnis. Donnie war da gewesen.

»Valerie?«

»Ich bin da«, murmelte ich.

»Wie fühlst du dich?«

»Ich bin fit wie ein Turnschuh. Obwohl, ein alter Turnschuh. Ohne Schnürsenkel. Am Straßenrand liegend. Platt gefahren. Vor fünf Tagen.«

Daniela musste lachen. »Den Humor haben sie dir gelassen.«

Ich richtete mich vorsichtig auf und war ganz

erstaunt darüber, dass ich alle Gliedmaßen bewegen konnte. Mein Rücken rebellierte und mein Kopf brummte. Und auch sonst fühlte ich mich wie eine Hummel ohne Flügel. Etwas schwerfällig eben.

»Geht schon.«

Ich starrte auf meine nackten Zehen, bewegte sie. »Was gibt's?« Ich gab mich optimistisch.

Urplötzlich kam alles auf einmal zurück. Die Lichter der Einsatzfahrzeuge, das erleuchtete Bahnhofsgebäude. Mein Magen krampfte sich zusammen. Ich hielt kurz den Atem an, bis sich das Gefühl der Enge wieder löste. Dann atmete ich aus.

»Alles gut, Valerie?«

»Mein Rücken schmerzt. Nichts weiter. Mach dir mal keine Sorgen.« Ich biss mir auf die Unterlippe. Sie schwieg.

»Daniela, ich weiß nicht mehr, was gestern passiert ist.«

»Das ist normal. Du stehst unter Schock.«

»Beat ist tot?«

»Beat ist tot. Allerdings hat er nicht Selbstmord begangen.«

Ich schwieg.

»Wir haben zwei Zeugen, die ihn und eine Person in einem braunen Mantel gesehen haben wollen. Die beiden hätten rege diskutiert und geraucht.«

»Beat raucht?« Ich stutzte. »Rauchte?«, korrigierte ich mich.

»Als der Zug einfuhr, schrie Beat plötzlich auf. Der Unfall blendete bei allen Zeugen alles andere aus. Niemand weiß, wo Beats Gesprächspartner geblieben ist.«

Mir wurde wieder übel. Ich krümmte mich nach vorn.

»Valerie, bist du noch da?«

»Ja, ich höre dir zu«, sagte ich durch die Zähne.

»Alles deutet darauf hin, dass Beat vor den Zug gestoßen wurde.«

»Und der Mann im braunen Mantel?«

»Keine Spur von ihm. Er muss den Ort über die Rampe am Bahnsteig verlassen haben.«

»Weiß man, wer er ist?«

»Keiner konnte ihn sehen. Er trug einen Hut. Es war dunkel. Alle waren mit ihren Handys beschäftigt. Schwierig für eine Wiedererkennung.«

Langsam richtete ich mich wieder auf.

»Vielleicht würde er noch leben ...«, flüsterte ich.

Daniela unterbrach mich. »Hör sofort auf!«

»Hätten wir gestern geredet ...«

»Wer sagt das? Vielleicht wäre er trotzdem gestorben.«

»Aber wenigstens wüssten wir, was es mit dem Missverständnis auf sich hatte.«

»Du wärst jetzt auch in Gefahr.«

»Wie kann dieser braune Mantel-Typ wissen, dass Beat nicht mit mir geredet hat?«

Daniela antwortete nicht.

»Er muss ihm gefolgt sein.«

»Das kann sein. Entweder Beat wusste etwas, das zu ihm führen könnte, oder der Mörder glaubte, dass er etwas wusste.«

»In beiden Fällen zwang Beat ihn zum Handeln.«

»Das wissen wir nicht.«

»Wie groß ist die Chance, einen Serientäter da draußen zu haben?«

Daniela schwieg und gab mir damit recht.

»Wenn Camilla Beat etwas anvertraut hat, das er nicht hätte wissen dürfen?«

»Das sind wacklige Vermutungen, Valerie. Ich mach mir Sorgen. Wenn der Mörder Beat gefolgt ist, dann könntest auch du in Gefahr sein. Daher schlage ich vor, dass du in den nächsten Tagen nicht mehr allein unterwegs bist.«

»Ich kann auf mich aufpassen.«

»Valerie, wie wäre es, wenn du mich einfach begleitest?«

»Ich dachte, du hast einen Fall und ich eine Buchhandlung?«

»Nur für dieses eine Mal, ja? Ich mach mir wirklich Sorgen.«

Ich überlegte. Donnie konnte den Buchladen ein, zwei Tage übernehmen. Und Bärbel würde sicher auch gern dabei helfen, den Martinsmärit vorzubereiten.

»Nun ja, wenn du mich so fragst.« Ein Lächeln huschte über mein Gesicht. »Was machen wir als Erstes?«

»Aufgrund der Aussagen haben wir etwas tiefer gegraben und einen braunen Mantel samt Hut gefunden. Und zwar als Requisite am Set. In den neuen Folgen trägt ihn niemand anderes als Rudolf Habdichlieb.«

KAPITEL 19

»Sie waren vor Ort, am Abend als Camilla starb, nicht wahr?«

Habdichlieb sah Daniela eingehend an. Vielleicht ein kleines Bisschen zu lange.

»Wie kommen Sie darauf, dass ich es gewesen sein könnte?«

»Wir haben Zeugen, die jemanden in einem braunen Mantel mit Hut gesehen haben wollen. Sie tragen so etwas in den neuen Folgen der Serie, wenn ich richtig informiert bin.«

Seine sonst heiteren Augen wurden ernst. Eine Falte bildete sich auf seiner Stirn. Es kam mir vor, als formten sich Wolken hinter seiner Stirn.

»Das tue ich. Und dann ziehe ich mich um und überlasse die Requisiten den Assistentinnen, die sich darum kümmern.«

»Es muss ein Leichtes sein, diese Requisiten für ein, zwei Stunden auszuleihen, oder nicht?«

»Für wie dumm halten Sie mich eigentlich?«

Habdichlieb war wütend. »Sie wollen doch nicht allen Ernstes behaupten, ich hätte mir meine eigenen Requisiten ausgeliehen, um zwei Morde zu begehen, oder? Ich habe doch schon gesagt, dass ich am Abend, als Camilla starb, im Restaurant gegessen habe.«

»Welches war das schon wieder?«, mischte ich mich kurzerhand ein. Er sah mich verdutzt an, wedelte dann meine Frage mit der Hand fort. »Ich weiß doch nicht mehr, wie dieser Schuppen hieß. Sind doch alle gleich.«

»Wir haben Ihr Alibi geprüft«, sagte Daniela gelassen. »Laut Aussagen verließen Sie das ›Cène‹ kurz vor sieben.«

»Genug Zeit also, um nach Düdingen zu kommen, bevor der Abend begann«, fügte ich hinzu.

Er schwieg. »Ich habe ihn nicht getötet.«

»Das versuchen wir doch gerade zu beweisen.«

Er schwieg.

»Also?« Daniela sah ihn auffordernd an.

Schließlich seufzte er. »Das ist kompliziert.«

»Ist es das? Kann etwas wirklich kompliziert sein, wenn zwei Menschen unfreiwillig ihr Leben verloren haben?«

Er verschränkte die Arme vor der Brust.

»Gut.« Daniela verlor die Geduld. »Entweder Sie rücken jetzt mit der Sprache raus oder ich nehm Sie mit auf den Posten.«

»Das würden Sie nicht, oder?« Erschrocken blickte er sich im Lokal um. Auch hier gab es Anzeichen dafür, dass die Menschen ihn erkannten. Immer wieder verlor sich ein Augenpaar oder ein vorbeigehendes Lächeln an unserem Tisch.

»Wollen wir es darauf ankommen lassen?«

Er blickte von Daniela zu mir und zurück, dann seufzte er.

»Sie haben recht. Ich war in Düdingen.«

»Und?«

»Ich hab mich mit jemandem getroffen.«

»Mit wem?«

Seine Augen flehten vergeblich. Habdichlieb wurde sichtlich nervöser. »Ich habe mich mit Klaus getroffen.«

»Zimmerer?«

Er nickte.

»Und wo?«

»Wir gingen spazieren.«

»Wohin?«

»Er zeigte mir einen Weg durch einen Wald zu einem Ausläufer eines Stausees.«

»Sie waren am Schiffenensee?«

»Kann sein, dass er ihn so genannt hat.«

»Warum wart ihr dort?«

»Weil wir Zeit für uns haben wollten.«

»Ich glaube, ich verstehe nicht ganz.«

»Wie können Sie auch. Klaus braucht ab und an Abwechslung. Unter Männern.«

Daniela warf mir einen Blick zu. »Wieso kam er zu spät zur Vorstellung, Sie aber nicht?«

»Ich bin auf demselben Weg zurückgegangen. Er nahm einen anderen. Er wollte nicht, dass wir zusammen gesehen werden.«

»Wegen der Öffentlichkeit? Das ...«

Er lachte. »Nein, die ist uns egal. Wissen Sie, je mehr über uns geschrieben oder geredet wird, desto mehr Erfolg haben wir. Nein, es geht nicht um die Presse oder was andere Menschen denken könnten. Er will keinen Streit mit Hannah.« Er musterte seine Hände. Ich sah ihm an, dass ihm Zimmerers verhalten nicht wirklich gefiel. Es musste ihn kränken, die Nummer zwei zu sein. Er, Rudolf Habdichlieb, der ans Scheinwerferlicht gewohnt war.

»Sie waren also an diesem Abend nicht bei den Wohnwägen am Set?«

Er schüttelte traurig den Kopf. »Ich war definitiv nicht dort, das können Sie mir glauben.«

»Sie sagten, je mehr über Sie geredet wird, desto mehr Erfolg hätten Sie. Gilt das auch für Mord?«

Entgeistert blickte er mich an. »Irgendwo hat auch das seine Grenzen. Der ganze Zirkus ist kein Menschenleben wert.«

»Was glauben Sie denn, weshalb Camilla sterben musste?«

»Alle Menschen haben die gleichen Leidenschaften, aber sie haben sie nicht alle im gleichen Grad.«

KAPITEL 20

»Zimmerer und Habdichlieb, wer hätte das gedacht?« Daniela steuerte den Wagen in Richtung Autobahn.

»Wir müssen mit Zimmerer reden«, sagte ich nachdenklich.

»Er hat keine Zeit gehabt, um ins Moos zu gehen und Camilla umzubringen.«

»Wenn weder Habdichlieb noch Zimmerer infrage kommen ...«

»Bleibt Badener.«

»Deshalb möchte ich mit Zimmerer reden. Er muss uns Habdichliebs Alibi zuerst bestätigen.«

»Du meinst, Habdichlieb könnte Zimmerer decken?« Daniela wurde nachdenklich.

»Möglich wär's. Seine Gefühle für den Drehbuchautor hast du ja gesehen.«

Badener als Täterin war gar nicht so abwegig. Obschon ich sie eher als Auftraggeberin sah. Sie würde sich die Hände nicht selbst schmutzig machen. Oder vielleicht doch? Kam definitiv auf das Motiv an.

»Was ist mit der zweiten Assistentin?«

»Flores? Welches Motiv sollte sie haben?«

»Vielleicht war das ja gar nicht auf ihrem Mist gewachsen.«

»Du meinst, jemand hat sie beauftragt, Camilla aus dem Weg zu räumen?«

»Sie hatte jedenfalls Zugang zu den Requisiten und den Wohnwägen und sie war am Abend nicht bei der Vorstellung zugegen.«

»Sie war im Pub.«

»Sehr schön, und wer erinnert sich nach einer Nacht mit mehr oder weniger viel Alkohol, wann sie kam und ging?«

Daniela schwieg.

»Haben die Taucher etwas gefunden?«

Daniela schüttelte den Kopf. »Unzählige Dinge, die weder etwas dort verloren noch mit unserem Fall etwas zu tun haben. Unsere Hoffnung liegt in einem Handy, das ersten Untersuchungen zufolge erst kürzlich dort versank. Wenn es das Handy von Camilla ist, könnte es uns wichtige Hinweise liefern.«

»Habt ihr ihre Nummer überprüft?«

»Wir sind dran. Die Daten ihrer letzten Anrufe und Nachrichten sind noch nicht eingetroffen.

Du hast recht, ich sollte da mal nachhaken.«

Daniela nahm die Autobahnausfahrt, bremste ab, um sich dann in den Verkehr einzuordnen.

»Den braunen Mantel, der in der Serie verwendet wird, konnten wir samt Hut in einem der Wohnwägen sicherstellen. Er ist auf dem Weg ins Labor.«

Daniela umkurvte Düdingens ersten und zweiten Verkehrszirkel und parkte den Wagen schließlich auf der Höhe der Papierwaren-handlung. Sie stellte den Motor ab.

»Bringt uns alles nicht wirklich weiter.« Sie wirkte entmutigt.

»Vielleicht doch. Wir haben diesen Mann im braunen Mantel.«

»Ob es wirklich ein Mann war, wage ich immer mehr zu bezweifeln.«

Daniela blickte zum Fußgängerüberweg, vor dem ein Lastwagen angehalten hatte, um eine Frau mit ihrem Kind die Straße überqueren zu lassen. Das Kind winkte dem Fahrer fröhlich zu.

»Beat hat den Täter aus der Reserve gelockt. Der kann nicht sicher sein, dass ihn niemand wiedererkennen wird.«

»Wir haben keine Zeugen, die ihn identifizieren können.«

»Das weiß er aber nicht. Von irgendwo muss seine Unsicherheit ja herkommen. Sonst hätte er nicht Beat aus dem Weg geräumt. Er muss also wissen, dass er einen Fehler begangen hat, und fürchtet sich, dass wir ihn entdecken könnten. Kehren wir das Ganze um, wird uns der Fehler direkt zu ihm führen.«

Daniela sagte erst mal gar nichts. Ihren Blick konnte ich nicht deuten.

»Was ist? Habe ich etwas Falsches gesagt?«, fragte ich verunsichert.

»Im Gegenteil. Das ist sogar genial. Schaffen wir es, den Täter im Glauben zu lassen, dass wir drauf und dran sind dieses fehlende Glied in der Kette zu finden ...«

»... dann locken wir ihn aus der Reserve.«

Einen Augenblick ließen wir diese Erkenntnis auf uns wirken. Es war ein riskantes Spiel, aber was hatten wir zu verlieren?

»Und der beste Weg ...« Ich nahm den Faden wieder auf.

»... ist Präsenz zu zeigen«, beendete Daniela den Satz.

Ich schmunzelte. »Ich sehe, du denkst mit.«

»Habe ich eine andere Wahl?«

»Muss ich dich jetzt bemitleiden?«

»Manchmal würde das ganz guttun.«

»Ach, komm jetzt ... wo finden wir Zimmerer?«

»Ich denke, am Set. Soweit ich weiß, wollten sie alle zusammentrommeln, um zu beraten, wie es jetzt weitergeht.« Daniela startete bereits den Motor.

»Mit Blaulicht?«

»Übertreiben wollen wir es nun auch nicht, oder?«

»Schade.«

KAPITEL 21

Minuten später parkten wir das Auto auf dem kiesigen Untergrund. Das Wetter hatte sich nicht gebessert. Das Grau des Himmels ließ den Ort düsterer erscheinen, als er tatsächlich war. Die Silhouetten der Bäume wirkten verloren in den weiten Flächen der Ländereien um sie herum.

Ich stellte den Kragen meines Mantels hoch, rückte den Schal zurecht.

Zu Fuß bewegten wir uns auf die Wohnwägen zu. Von weither sah ich Flores auf einer der Metalltreppen sitzen und rauchen. Zimmerer drehte uns den Rücken zu. Neben ihm stand ein Mann, den ich noch nie gesehen hatte. Als wir uns der Gruppe näherten, trat Badener aus einem der Wohnwägen.

Sie trug einen eleganten beigen Einteiler, der ihre Feminität hervorzuheben verstand, eine Zigarette in der rechten, ein Feuerzeug in der linken Hand und einen Gesichtsausdruck, der mir klarmachte, dass wir nicht willkommen waren. »Ach, die Frauschaften von der Kripo«, kommentierte sie gelangweilt, während sie die Zigarette anzündete. Die beiden Männer drehten sich zu uns um. Flores blieb sitzen.

Zimmerer begrüßte uns und stellte uns Brian Goff vor, den Chef-Kameramann.

»Was können wir für euch tun?«, fragte er.

»Wir sollten arbeiten«, kommentierte Badener und warf Flores das Feuerzeug zu. Es verfehlte ihr Ziel. Flores hatte sich kein bisschen bewegt.

»Wir stören nur ungern, Frau Badener«, begann Daniela. »Da gibt es aber interessante neue Entwicklungen im Fall Camilla Benig.« Sie machte eine Pause. Flores legte den Kopf nach hinten und blies den Rauch in die Luft. Ich ging an ihr vorbei und hob das Feuerzeug auf.

»Wo ist eigentlich Rudolf?«, fragte Badener Zimmerer. Der hob die Schultern.

»Wir haben einen Zeugen, der ...«

»Schön für Sie. Und was hat das mit uns zu tun?«

»Nun, Frau Badener, das hat sogar sehr viel mit ihnen zu tun.« Daniela musste sich beherrschen.

»Das wusste ich.«

Ich streckte es Flores hin, die es in einer der Taschen ihrer Bomberjacke verschwinden ließ. Dabei verlor die Zigarette in ihrer rechten Hand ihre Asche.

»Vielleicht tun Sie das ja auch?« Daniela sah sie aufmerksam an.

»Was soll denn das schon wieder bedeuten? Drohen Sie mir etwa?«

»Hätte ich denn einen Grund dafür?«

Badener lachte auf. »Das wird immer absurder. Klaus, mir ist langweilig. Entweder passiert jetzt etwas oder ich mache es mir im Wohnwagen gemütlich. Ich könnte einen Drink vertragen.«

Zimmerer hatte dem Austausch zwischen Daniela und seiner Freundin mit immer größer werdendem Unbehagen zugehört.

»Es ist eine schwere Zeit für uns alle«, entschuldigte er sich. »Niemand weiß, wie es denn jetzt weitergeht, jetzt wo Beat auch nicht mehr da ist.«

»Aber, Sweetheart, wir brauchen doch Beat nicht.« In mir kam Wut hoch. Was bildete diese Frau sich eigentlich ein? »Nicht mehr.«

»Was meinen Sie damit?«, fuhr ich sie an. Mein Ton klang etwas zu scharf.

Sie lächelte gutmütig und in diesem Augenblick wusste ich, dass ich ihr in die Falle getappt war.

»Nun ja, ihm gehörte die Produktionsfirma ja gar nicht mehr. Er war doch nur hier wegen der Camilla.«

Daniela und ich wechselten einen Blick.

»Ihm gehörte seine Firma nicht mehr?«

»Ach, das wissen Sie nicht?« Sie zog eine Augenbraue hoch, ein letztes Mal an ihrer Zigarette und warf die dann achtlos fort.

»Beat hat seine Firma vor zwei Monaten verkauft«, bestätigte Zimmerer.

»Und weshalb?«, wollte Daniela wissen.

»Ich glaube, er hatte einfach genug. Er wollte sich anderen Dingen widmen.«

»Dürften wir Sie kurz allein sprechen?«

Zimmerers Blick wanderte zu Badener, dann zurück zu Daniela.

»Aber natürlich. Ich begleite Sie zu Ihrem Wagen.«

Daniela wartete, bis wir außer Ohrenreichweite waren, bevor sie das Gespräch fortsetzte. »Wir haben mit Rudolf Habdichlieb gesprochen.«

Zimmerer schien nicht zu begreifen. »Wegen dem Abend, als Camilla ermordet wurde.«

Er blieb stehen. »Warum haben Sie uns das verschwiegen?«

»Wieso sollte ich Ihnen das sagen? Ich weiß doch, dass ich Camilla nicht umgebracht habe.«

»Sie waren also mit ihm zusammen, vor der Projektion?«

»Wir gingen spazieren, ja.«

»Und Sie wählten einen anderen Weg, um ins Dorf zurückzufinden?«

»Ich wollte sehen, wo die Treppen hinführen. Es war eine schöne Nacht. Dann bin ich am Bad Bonn vorbei und über die Autobahnbrücke wieder zum Bahnhof. Leider habe ich dabei den zeitlichen Faktor ein wenig unterschätzt und kam zu spät.«

KAPITEL 22

»Also ...« Daniela beendete den Anruf und stellte das Telefon mit nachdenklichem Blick auf die Ladestation zurück. »Imhofen hat seine Firma tatsächlich vor zwei Monaten verkauft. Allerdings mit einer dreimonatigen Klausel. Anscheinend wollte er bis zum Schluss der Dreharbeiten der aktuellen Staffel von ›Tell&Walter‹ dabei sein. Erst dann würde der neue Besitzer Zugriff auf mögliche Liquiditäten bekommen.«

»Und wer ist der neue Inhaber?«

»Es handelt sich um eine Zürcher Investitionsfirma mit dem wunderschönen Namen Carpe Diem.«

»Was passiert nun, da er tot ist?«

»Das ist das Tragische. Sollte Imhofen vor Ende der besagten Frist versterben, übernimmt die Firma quasi mit dem Ausstellen des Totenscheins alle Rechte.«

»Heißt auch das Geld?«

»Auch das Geld.«

»Wir sprechen hier von einem möglichen Mordmotiv, nicht wahr?«

Daniela seufzte. »Und wenn Camilla nur ein missglückter Tötungsversuch gewesen war? Wir haben bisher angenommen, dass Camilla Beat zu einem Treffen bei den Wohnwägen einge-laden hat. Was nun, wenn die lieben Worte nicht von ihr stammten, sie aber vor Ort dem Mörder in die Quere kam?«

»Dann hätte er es von Anfang an auf Beat abgesehen? Aber warum hat der Mörder Beat nicht auch gleich umgebracht? Ich meine, er hat ja vor Ort gewartet.«

»Vielleicht wurde er durch den Hund und Berlinger gestört.«

Darauf wusste ich nichts zu erwidern.

»Was ich weiter in Erfahrung bringen konnte: Der Serie geht nach drei erfolgreichen Staffeln langsam der Wind in den Segeln aus. In den Glanzmagazinen wird darüber spekuliert, ob die aktuelle nicht auch die letzte Staffel sein könnte.«

»Bei aller Liebe ... Beat hätte sein Geld nie in etwas investiert, an dem er nicht selbst verdienen würde.«

»Deshalb vielleicht der Verkauf ... ich habe ...«

Danielas Handy vibrierte leise auf der Tischplatte. Sie nahm es an sich. »... veranlasst, mehr über diese Firma herauszufinden. Wir müssen wissen, wer dahintersteckt.«

Sie nahm ab. »Burri?« Sie blickte zu mir herüber. »Moment. Ich nehme mir schnell was zu schreiben.« Sie hörte eine ganze Weile konzentriert zu und verabschiedete sich dann.

»Wir haben plötzlich Männer in braunen Mänteln überall. Nun will eine Zeugin jemanden gesehen haben, der am Abend, als Camilla starb, in einem braunen Mantel über die Toggelilochbrücke gerannt ist. Ich zitiere ... ›als hätte er Angst den Zug zu verpassen‹.«

Daniela schüttelte den Kopf und legte das Handy wieder vor sich auf den Tisch.

»Wenn der Mantel zweimal benutzt wurde, stehen die Chancen höher, dass das Labor auch etwas finden wird.«

»In der Hoffnung, dass alle den DNA-Abgleich freiwillig über sich ergehen lassen. Sonst beißen wir uns in der Bürokratie fest. Und das kann dauern.«

Ich fuhr mir müde übers Gesicht. Ich brauchte einen Kaffee in meiner Buchhandlung und das Lächeln von Donnie.

»Ich brauch 'ne Pause. Und die Buchhandlung braucht mich. Hörst du, wie sie mich ruft?«

»Du hast Glück, bei mir ruft mich nur mein Bett.« Sie schmunzelte. »Soll ich dich schnell fahren?«

Ich schüttelte den Kopf.

»Nicht nötig. Ich nehm den Zug.«

»Wie du möchtest.«

Ich war fast bei der Tür, als mich Danielas Stimme innehalten ließ.

»Valerie?«

Ich drehte mich zu ihr um. »Ja?«

»Wir werden ihn kriegen.«

»Ich weiß, ich weiß.«

Aber so sicher war ich mir dabei nicht mehr.

KAPITEL 23

Donnie sah mir meinen Koffeinmangel an. Bevor er mich etwas fragte, hatte er auch schon den Siebträger gefüllt. Von Bärbel war nichts zu sehen und irgendwie war ich gerade dankbar dafür, mit ihm allein zu sein. Kaum hatte ich meinen Mantel ausgezogen und verräumt, als auch schon eine Kundin mit Kinderwagen und einem vielleicht Vierjährigen den Laden betrat. Der Junge steuerte direkt auf die Kinderecken zu, wo er mit Legosteinen zu spielen begann. Die Erleichterung war der Frau anzusehen. Donnie stellte einen Latte macchiato vor mich hin und zwinkerte mir zu, während ich mich um die Wünsche der Kundin kümmerte. Minuten später hatte ich ihre Bücher bei meinem Lieferanten gefunden und bestellt.

Ich nahm einen Schluck, während die Mutter mit ihrem Sohn argumentierte, um das Geschäft verlassen zu können. Schließlich ging der Junge widerwillig mit und hinterließ eine farbenfrohe, aber halbe Brücke ins Nirgendwo auf dem Spieltisch zurück.

Ich nahm einen weiteren Schluck Kaffee.

»Ein schlechter Tag mit Kaffee ist immer noch besser als ein guter ohne, was?«

Ich nickte ihm dankbar zu. »Wenn es etwas gab, das uns vom Paradies übrig geblieben ist ...«

»Was gibt es Neues?«, wollte er wissen.

Ich schilderte ihm, was vorgefallen war, und wie wir uns nur langsam vorantasten konnten, abhängig von der Geschwindigkeit der Zeugenaussagen und der Fertigkeit der Labormitarbeiter. Und während ich ihm das erzählte, merkte ich erst, wie frustrierend das Ganze für mich war.

Donnie aber lächelte.

»Erinnerst du dich an die Nachricht, die du mir zugeschickt hast? Betreffend dem Post-it, den Beat erhalten hatte?«

Ich nickte und nahm die Tasse in beide Hände. Die Wärme übertrug sich in ein angenehmes Gefühl der Geborgenheit.

»Ich habe einen Kollegen, der hat ein Hobby und der hat es sich angesehen.«

»Nun mach es nicht so spannend.«

»Die Nachricht wurde von einer Frau geschrieben, die Linkshänderin ist.«

»Er ist Grafologe?«

»Also nur aus Leidenschaft. Und jetzt frage ich mich natürlich, ob Camilla Linkshänderin war.«

Ich hatte keine Ahnung.

»Daniela und ich glauben nicht mehr an die Theorie, dass Camilla Beat eingeladen hatte. Eher dass jemand Beat glauben lassen wollte, dass sie es war. Hast du gewusst, dass Beat seine Firma verkauft hatte?«

»Was machte er dann hier?«

»Badener meinte, er wäre nur aus Liebe zu Camilla hier gewesen. Aber da gibt es eine Klausel im Verkaufsvertrag, die besagt, dass er alle Rechte erst nach Ende der Dreharbeiten der aktuellen Staffel übertragen wird.«

Donnie runzelte die Stirn. »Er hatte also noch das Mitspracherecht bei den aktuellen Folgen.«

»Nur werde ich daraus nicht ganz schlau. Was wollte er damit bezwecken?«

»Wenn wir davon ausgehen, dass er ein oder zwei Augen auf Camilla geworfen hat, dann wollte er ihr vielleicht ihre Arbeitsstelle garantieren.«

»Ich habe Daniela schon gesagt, dass Beat nie etwas produziert hätte, das ihm nicht auch Geld einbringen würde. Er tat nichts, ohne vorher gründlich darüber nachgedacht zu haben.«

»Wer ist denn der Käufer?«

»Eine Firma aus Zürich, die Carpe Diem heißt.«

»Dann schauen wir mal.« Donnie begab sich zum Computer und öffnete den Browser. »Irgendwo müssen wir doch etwas über sie herausfinden können. Und wenn es nur im Handelsregister ist.«

Er tippte auf der Tastatur herum, während ich mich zu ihm gesellte. Google spuckte als Erstes einen Wikipedia-Beitrag aus und listete dann allerlei Resultate, in dem die Wörter vorkamen. Donnie änderte die Suchanfrage, setzte die beiden Wörter in Klammern und fügte Zürich hinzu. Es gab Restaurants mit dem Namen und Bettenverkäufer. Und dann hatten wir den Handelsregistereintrag. Die Seite öffnete sich. Donnie scrollte durch. Rechtlicher Sitz Zürich. Rechtsform Aktiengesellschaft. Kapitalisierung: hunderttausend Franken. HR-Nummer. Unter Management und Mitarbeiter konnte man einen Link wählen, um die Mitglieder des Verwaltungsrates einzusehen. Donnie klickte.

»Ach, du Scheiße«, war alles, was mir einfiel, als ich die aufgelisteten Namen sah.

KAPITEL 24

»Wir haben nachgeprüft. Beat Imhofen hat seine Firma tatsächlich an Badener, Habdichlieb und Zimmerer verkauft.«

Ich blieb still.

»Bist du noch da?«, fragte Daniela.

»Ja, überlege gerade.«

»Überlege nicht zu laut, sonst kann ich dich nicht hören.«

»Sehr witzig.«

»Und nun kommt's. Das Schweizer Fernsehen hat uns kommuniziert, nur noch diese Staffel koproduzieren zu wollen.«

»Und mit der Firma kann die Serie weiterproduziert werden?«

»Das könnte der Grund für den Verkauf sein.«

Ich überlegte kurz. »Hätte Beat die Firma nicht verkauft, würde er so ziemlich alles entscheiden können, was die Serie angeht, da er alleiniger Produzent gewesen wäre.«

»Das ist so.«

»Aber er hätte auch alle Kosten getragen. Was für ihn sehr wahrscheinlich nicht infrage kam, da er keinen möglichen Gewinn darin sah. Und jetzt können der Regisseur und die beiden Schauspieler ganz allein entscheiden, was mit dem Geld geschieht.«

»So sieht es aus.«

»Hat jemand von den dreien finanzielle Probleme?«

»Wieso meinst du?«

»Weil das erklären könnte, weshalb alles plötzlich schneller hatte gehen müssen.«

»Guter Punkt. Zimmerer hat so einige Probleme mit den Steuerbehörden, aber nichts Gravierendes. Wie auch die beiden anderen besitzt er nicht viel. Es hat den Anschein, als lebten sie alle von Auftrag zu Auftrag.«

»Was natürlich ein Problem darstellt, wenn man das Einstellen der Serie fürchtet«, wagte ich den Gedanken.

»Glaubst du die Badener oder der Habdichlieb glauben, was in den Hochglanzmagazinen steht?«

»Sie sind beide sehr auf ihr Bild in der Öffentlichkeit fixiert.«

»Und sie lieben die Tatsache, dass man sie in der Straße erkennt.« Da hatte sie recht. Wir hatten es ja mit eigenen Ohren gehört.

»War Camilla Linkshänderin?«

»Oh ... ich hab doch keine Ahnung. Warum?«

Ich informierte sie über mein Gespräch mit Donnie.

»Ich will versuchen, das herauszufinden.«

»Und ich mach dann mal hier den Laden zu. War ein langer Tag heute.«

»Keinen Ausgang mehr?«

Ich musste lachen. »Werde nichts ohne dich unternehmen, versprochen. Ich brauche ein wenig Zeit für mich.«

»Es kommen neue Folgen von ›Tell&Walter‹ im Abendprogramm.«

»Gott bewahre! Ich werde die Böcke von den Schafen sondern.«

»Was willst du?«

Ich lachte. »Das ist aus ›Wilhelm Tell‹. Weißt du ... Walther ... Tell ... der Apfel ... ach, vergiss es! Wir hören uns morgen, ja?«

Ich schaltete erst das Telefon aus, dann das Licht und schloss den Laden ab.

Die Nacht war längstens eingebrochen. Die Lichter der Hauptstraße und der vorbeifahrenden Autos begleiteten mich.

Alles wie immer und in mir alles anders.

Beat war tot. Ich musste zugeben, dass ich mehr damit zu kämpfen hatte, als mir lieb war. Ich brauchte ein wenig Trost. Einen gemütlichen Abend mit einem Glas Wein. Vielleicht ein heißes Bad, um mich entspannen zu können. Definitiv einige Kapitel in einem der unzähligen Leseexemplare, die ich erhalten hatte. Ganz sicher nicht fernsehen. Und schon gar nicht ›Tell&Walter‹.

Langsam ging ich die Hauptstraße hoch, am Thaddäusheim vorbei, das mit seinem Garten, dem Park und der Baumallee mitten im Dorf eine Art grüne Lunge bildet. Ein wenig Hilfe könnte ich jetzt auch gebrauchen. Ob der heilige Judas Thaddäus das auch wusste?

Meine Wohnung verwandelte sich in eine Oase der Gemütlichkeit, als ich die kleinen Lampen anknipste. Erst als ich aber ein Glas Rotwein auf den Couchtisch stellte und die kleinen Kerzen darauf anzündete, wurde aus der Gemütlichkeit auch eine Auszeit. Ich setzte mich in die Stille, und Hemingway schnurrte unter meinen Händen. Seine sanfte Art war Balsam für meine Seele. Gegenüber blickte mich der Bildschirm dunkel an. Wann kam die Serie denn überhaupt?

Nein, die Zeit war mir dafür zu schade.

Vielleicht nur einmal reinschauen?

Entschlossen stand ich auf und ging trotz Hemingways Reklamationen zum Bad. Erst einmal eine lange Dusche, einen frischen Morgenmantel.

Aber als ich zurückkam, starrte mich der Bildschirm immer noch an.

Na ja, niemand würde es wissen müssen, oder?

Ich griff nach der Fernbedienung und schaltete den Fernseher ein. Nach einigen Kanalwechseln erwischte ich gerade noch das Wetter und die Werbung. Dann ging es los.

Ich kuschelte mich in die Kissen. Hemingway ließ nicht lange auf sich warten und machte es sich auf meinen Beinen bequem.

In den ersten Bildern sah man Hannah Badener mit einer Pistole in der linken Hand, die sie auf die Kamera gerichtet hielt. Ihr Gegenüber war nicht zu sehen. Wohl aber ihre Entschlossenheit, von der Waffe Gebrauch zu machen. Sie hatte etwas an sich, das mich sofort in den Bann zog.

»Du kannst mich nicht erschrecken. Ich bin hier geboren. Ich kenne jeden Winkel hier, jede Tür und jedes Geheimnis.« Badeners Augen auf dem Bildschirm wurden eng. Ihr Gesicht nahm einen harten Ausdruck an. »Ich werde es nicht zulassen, dass das jemand anderem passieren könnte.«

Die Kamera zoomte auf Badeners Waffe.

Dann fiel ein Schuss.

KAPITEL 25

»Wir haben die Handydaten von Camilla Benig erhalten. Auch sie hat eine Nachricht erhalten. Allerdings eine ganz andere als erwartet. Flores fragt sie darin, ob Camilla sich nicht um die Requisiten für den folgenden Drehtag kümmern könnte. Flores selber könne das zeitlich nicht mehr tun.«

»Es war also Flores zu verdanken, dass Camilla sich vor Ort befand?«

»Camilla hat dann mehrmals versucht, Flores anzurufen. Aber ohne Erfolg.«

»Camilla entscheidet also, sich um die Requisiten zu kümmern. Sie kommt bei den Wohnwagen an und überrascht den Mörder bei seinen Vorbereitungen?«

»Das kann durchaus sein.«

»Es folgt ein kurzer Kampf. Der Mörder zieht ihr das Nachthemd über, um auf eine missglückte Verabredung hinzudeuten, und bringt sie zum Weiher. Wo sind die Kleider, die Camilla trug? Ist das der Fehler, den der Mörder gemacht hat? Als er zurückgehen wollte, befand sich Beat bereits auf dem Weg zum oder schon im Wohnwagen. Die Berlinger und ihr Hund hielten ihn von seinem Vorhaben ab, Beat zu töten. Und während er noch überlegte, wie er das nun anstellen sollte, geht der enttäuschte Beat zur Vorstellung.«

»Klingt schlüssig.«

»Und das Motiv wäre also das Geld, das gewissen Inhabern von Carpe Diem fehlt? Es wäre gerade mal ein Monat gegangen, dann hätten sie das Geld so oder so erhalten. Also warum jetzt?«

»Ich weiß es nicht, Valerie. Vielleicht wurde Beat zunehmend zu einer Gefahr. Er verliebte sich. Was, wenn er mit dem Gedanken spielte, den Verkauf doch noch abzubrechen, weil er Camilla kennengelernt hat?«

Die Argumentation klang schlüssig.

»Kannst du dich erinnern, ob Flores Linkshänderin ist?«

»Das sollten wir schleunigst herausfinden.«

Flores hielt ihren Kaffeebecher vor den Wohnwagen in der rechten Hand, eine Zigarette in der linken. Diesmal saß Habdichlieb auf der

Metalltreppe. Badener lehnte am Wohnwagen.

Die Szene schien sich von Mal zu Mal nur minimal zu verändern. Ich suchte in der Realität vergeblich die Gefühle, die mir die Folgen am Vorabend beschert hatten. Die Geschichten an sich waren für eine Krimiliebhaberin wie mich etwas oberflächlich gewesen. Und doch hatte mich deren Interpretation fasziniert. Vor allem Badener ging in ihrer Rolle vollends auf.

»Ach, der tägliche Polizeibesuch. Alle Straßen führen ans Ende der Welt.« Badener trug ein weißes Nachthemd. Wie viel Kraft es sie wohl gekostet haben muss, dieses erneut anzuziehen?

»Es lächelt der See, er ladet zum Bade.«

Sie sah mich verständnislos an.

»Wilhelm Tell? Durch diese hohle Gasse muss er kommen. Es führt kein andrer Weg nach Küssnacht?«, zitierte ich.

Badener wusste nicht, ob ich es ernst meinte oder ob ich mich einfach über sie lustig machte.

»Friedrich Schiller?«, versuchte ich es ein weiteres Mal. Aber auch der Name des Schriftstellers schien nicht bei ihr anzukommen.

Auf dem Weg erblickte ich Zimmerer und Goff, die diskutierend auf uns zuhielten.

»Dann geht es wieder los?«, fragte Daniela. Habdichlieb seufzte und stand auf. Er trug einen schwarzen Anzug, sein Gesicht war ernst. »Nach was sieht es denn sonst aus?«

Meine Absätze waren höher als die Stimmung. Und ich trug Turnschuhe.

»Wir sind bereit«, sagte Zimmerer und nickte uns freundlich zu. »Brian und ich haben die Szene noch einmal besprochen. Wir haben genug Aufnahmen am und im Wasser.«

»Gott sei Dank«, entfuhr es Badener.

Der Regisseur sah sie irritiert an. »Aber wir werden noch einige Szenen weiter oben drehen, dort wo der Weg so schön unübersichtlich ist, wegen all dem Schilf. Da wir nicht mehr den Nebel haben, den wir haben sollten, hat Brian uns Nebelmaschinen organisiert.«

»Toll. Vanille-Geschmack?«

Er blickte Badener nun direkt an. »Hat das Prinzessinchen wieder mal auf der Erbse geschlafen?«

Sie warf ihm einen bitterbösen Blick zu, sagte aber nichts.

»Sofia, du wirst die Maschinen auf mein Kommando bedienen, ja?«

»Klar.« Sie schnippte die Zigarette fort, trank ihren Kaffee aus und stellte den Becher dorthin, wo Habdichlieb vorher gesessen hatte.

»Wart ihr schon einmal bei einem Dreh dabei?«, fragte er uns. Unsere Gesichter sprachen wohl für sich.

»Na dann wird es Zeit.«

KAPITEL 26

Der künstliche Nebel aus Trockeneis hatte binnen Minuten den Ort zu einer gespenstischen Kulisse gemacht. Er infiltrierte das hohe Schilf und verhinderte, dass wir sehr weit sehen konnten. Schwaden von Rauch glitten über den Holzpfad und gaben dem Ort etwas Bewegung. Es roch nach dem unverkennbaren süßlichen Wintergrünstrauch. Kindheitserinnerungen mit dem Aroma von zerplatzten Kaugummiblasen.

»Also nicht Vanille?«, fragte ich. Zimmerer amüsierte sich sichtlich ab meiner Bemerkung. Er stand hinter Goff, der die Kamera bediente.

Wir hatten uns etwas abseits positioniert in Erwartung der Dinge, die da kommen mochten. Urplötzlich stand Flores neben uns. Ich hatte sie nicht kommen hören.

»Du hast mich aber erschreckt«, gab ich zu. Sie grinste nur.

»Du hast Camilla eine Nachricht zukommen lassen, wegen den Requisiten.«

Sie nahm ihren einohrigen Kopfhörer heraus, nestelte daran herum. »Keine Ahnung, wovon du sprichst.« Sie setzte ihn wieder ein.

»Wir haben die Daten von Camillas Handy. Du wolltest, dass sie sich um die Requisiten für den Folgetag kümmert, weil du keine Zeit mehr hattest. Und da frage ich mich, wieso.«

»Ich habe ihr keine Nachricht gesandt.«

Ich drehte mich mit gerunzelter Stirn zu ihr hin. Sie hob die Hand.

»Bin gleich zurück.« Sie verschwand, wie sie gekommen war. Etwas unheimlich. Ich sah Daniela an, die mit den Schultern zuckte.

»Und Action!«, rief Zimmerer.

Wie gebannt starrten wir auf den Weg vor uns. Es ertönte ein Schrei. Goff hob den Kopf, blickte Zimmerer an. Irgendwas stimmte da nicht. Dann hörten wir Schritte auf dem Weg. Und aus dem künstlichen Nebel erschien Badener. Ihr Gesicht war gezeichnet von Schmerz und Ungläubigkeit. Sie presste eine Hand auf ihren Bauch. Ihr eben noch weißes Nachthemd war mit Blut durchtränkt. Sie humpelte auf die Kamera zu, drehte sich immer wieder um. Als verfolgte sie jemand. Zimmerer bewegte sich nicht. Hinter Badener schälte sich Habdichlieb aus dem Nebel. Badener blieb wenige Meter vor Zimmerer stehen, krümmte sich und ging zu Boden.

Für einen kurzen Augenblick wagte niemand zu atmen.

»Scheiße«, entfuhr es Zimmerer. Er sprintete zu Badener, die sich nicht mehr bewegte. In wenigen Schritten waren Daniela und ich bei ihr. Habdichlieb stand eine Armlänge von ihr entfernt. Daniela verscheuchte Zimmerer und kniete sich neben die Schauspielerin, nahm ihr sanft die Hand vom Bauch. Ich konnte den Schaft des Messers aus dem Bauch ragen sehen.

Sie untersuchte Badener kurz.

Die Schauspielerin atmete sehr schnell und verlor Blut, das ihr Kleid immer mehr verfärbte. »Wir brauchen einen Krankenwagen. Nichts anrühren, kapiert?« Daniela stand auf, holte ihr Handy hervor und entfernte sich kurz, um den Anruf zu tätigen.

»Was zum T ...?« Flores stand wieder neben mir. Auch dieses Mal hatte ich sie nicht kommen sehen. Vielleicht lag es daran, dass ich verzweifelt zu begreifen versuchte, was geschehen war.

Daniela beendete den Anruf und drehte sich zu uns um. Eine Entschlossenheit zeichnete ihre Gesichtszüge, die ich noch nie an ihr gesehen hatte. »Niemand verlässt den Ort, bis ich es sage, verstanden?«

Habdichliebs Beine wurden immer noch durch Schwaden an künstlichem Rauch umweht. Er hatte sich nicht bewegt. Zimmerer war wieder neben Badener in die Knie gegangen. Sie wimmerte leise. Goff schien sich an seiner Kamera festzuhalten. Allerdings hatte er aufgehört zu filmen. Flores neben mir kratzte sich am Hinterkopf. Schweigen legte sich über die kleine Gruppe, bis in der Ferne Sirenen zu hören waren, die stetig näher kamen.

Minuten später wurde Badener auf einer Bahre abtransportiert. Um innere Verletzungen zu vermeiden, hatte man das Messer fixiert. Man würde das erst in der Notaufnahme entfernen. Mehrere Polizisten sicherten bereits den Ort. Daniela diskutierte etwas abseits mit zwei von ihnen. Dann kamen sie zu uns.

»Also. Die Herren Goff und Zimmerer bitte ich, zu den Wohnwagen zu gehen, um dort ihre Aussage zu Protokoll zu geben. Frau Flores und Herr Habdichlieb werden uns auf den Posten begleiten.«

Der fiel aus allen Wolken. »Aber ...?«

»Haben Sie ein Problem damit?«

Habdichlieb sah Daniela an, als wollte er etwas entgegensetzen, schüttelte dann aber nur den Kopf. Die Polizisten begleiteten uns bis zu den Einsatzwagen. Habdichlieb bekam den Rücksitz eines Wagens für sich allein, Flores und ich teilten uns denjenigen eines anderen.

Schweigend fuhren wir durch Düdingens Straßen in Richtung Autobahn. Unser Konvoi hatte etwas Surreales. Als hätten sich David Lynch und Terry Gilliam zusammengetan, um den Film zu drehen, in dem ich nun saß.

»Ich kann es ...«, versuchte ich das Gespräch in Gang zu bringen.

»Ich habe Camilla keine Nachricht gesandt«, fiel Flores mir etwas ungehalten ins Wort. »Ich kann es nicht gewesen sein.« Sie sah zum Fenster hinaus, als wir auf der Autobahn am Moos vorbeifuhren. Ich wartete.

»Seit vier Tagen finde ich nämlich dieses verdammte Handy nicht mehr.«

KAPITEL 27

»Wo haben sie die Badener hingebracht?«

Daniela sah mich erschrocken an, als ich wie ein Pfeil aus dem Auto geschossen kam.

»Was hat denn dich gebissen?« Sie schloss die Tür des Dienstwagens, in dem Habdichlieb mitgefahren war. Er und Flores wurden durch Polizisten zum Ausgang begleitet.

»Wir haben die Falschen!«

Verständnislos sah sie mich an.

»Wohin ging die Ambulanz?«

»Also ich denke ins Kantonsspital. Aber ...«

»Ist ein Polizist bei ihr?«

»Keine Ahnung, denke eher nicht ...«

»Wir müssen dorthin, sofort!«

»Aber ...«

»Vertrau mir!«

Ich drängte mich an ihr vorbei und stieg auf der Beifahrerseite ein. Sie schüttelte kurz den Kopf, als ich den Sicherheitsgurt festmachte, umrundete aber dann den Wagen und stieg ein.

»Sie findet ihr Handy nicht mehr.«

Daniela startete den Motor.

»Seit vier Tagen.«

Daniela reagierte nicht.

»Und sie ist Rechtshänderin.«

»Valerie, langsam. Nur weil sie Rechtshänderin ist ...«

»Flores ist nicht die Mörderin. Die Mörderin liegt in der Ambulanz. Und wir müssen sie vor sich selbst schützen.«

Irgendetwas in meiner Stimme ließ Daniela aufhorchen. Auch wenn sie meinen plötzlichen Ausbruch nicht wirklich verstand, hörte sie die Dringlichkeit in meiner Stimme und sah, wie der uns verlangsamende Verkehr mich nervös werden ließ. Als wir auf der Route des Alpes den Kreisel erreichten, schaltete Daniela das Blaulicht ein. Binnen Minuten hatten wir das Zentrum hinter uns gelassen.

Das HFR, wie das Krankenhaus auch genannt wird, ist der Referenzstandort für komplexe Akutpflege der Region. Das Spital ist mit einer leistungsfähigen technischen Infrastruktur ausgestattet und bietet stationäre und ambulante Leistungen, Intensivpflege, Palliative Care und eine Notaufnahme, die rund um die Uhr geöffnet ist. Vor der parkte Daniela den Wagen.

Wir hasteten zum Empfang, wo Daniela sich auswies.

»Vor ein paar Minuten ist hier eine Ambulanz eingetroffen. Eine Messerwunde. Eine Frau ...«

Der Angestellte sah sie teilnahmslos an und stieß als Erstes seine Brille auf der Nase höher.

»Das kann sein, wieso?«

»Wir müssen zu ihr.«

»Aha.« Er musterte uns kurz, warf einen weiteren Blick auf Danielas Dienstmarke und entfernte sich rücklings auf seinem rollenden Bürostuhl. Ohne uns aus den Augen zu lassen, rief er etwas in ein Büro, das ich nicht verstehen konnte. Dann rollte er wieder zum Schalter. Eine Frau im Ärztekittel erschien hinter ihm. Sie deutete auf eine Tür.

Wir umrundeten eilig den Empfang. Die Frau wartete bereits.

»Mein Name ist Lehmann. Ich bin die verantwortliche Leiterin des Notfalls. Wie kann ich Ihnen behilflich sein?«

Daniela stellte uns vor und fragte nach Badener.

»Ja, ich kann mich erinnern. Sie befindet sich in der Notaufnahme.«

»Wir müssen sie sehen.«

»Der Zugang ist nur Familienangehörigen erlaubt. Sind Sie verwandt?«

»Frau Lehmann, die eingelieferte Frau ist Bestand einer Mordermittlung ...«

»Dann besorgen Sie sich die nötigen Bewilligungen ...«

»Sie verstehen das nicht«, mischte ich mich ein. »Wir müssen die Frau vor sich selbst schützen.«

Sie sah mich irritiert an. Ich hielt ihrem Blick stand.

»Ich kann Sie nicht einfach ...«

In diesem Moment ging der Alarm in der Notaufnahme los.

Und wir rannten los.

Um Badeners Bett hatten die Pfleger die Vorhänge gezogen und trotzdem gab es keinen Zweifel, dass der Alarm durch sie ausgelöst worden war. Die Notaufnahme glich plötzlich einem Bienenhaus. Pflegefachmänner eilten heran.

Ich konnte einen Blick auf Badener werfen, bevor der Vorhang vollends zugezogen wurde. Sie war blass, ihre Augen unnatürlich groß.

Und der Monitor hinter ihrem Bett zeigte eine flache Linie.

KAPITEL 28

Lehmann bedeutete uns, zurückzutreten, und lud uns ein, ihr zu folgen. Der enge, ganz in Weiß gehaltene Raum war zu eng für die Konsole, den Tisch und die drei Stühle. Der einzige Farbtupfer war die Kaffeemaschine. Lehmann bot uns etwas zu trinken an. Daniela lehnte ab, ich nahm dankend an und setzte mich. Ich brauchte etwas für die Seele. Als ich allerdings vorsichtig den ersten Schluck zu mir nahm, bereute ich es bereits. Ich stellte den Becher vor mir auf den Tisch.

Bevor sich Lehmann zurückzog, versicherte sie uns, dass jemand uns holen würde, sobald es Neues gab.

In der Stille, die sie bei uns ließ, hörte ich das Ticken der übergroßen, weißen Wanduhr. Ich kam mir hilflos und einsam vor. Von der Hektik draußen bekam man hier nicht viel mit. Nur vereinzelt drangen Geräusche zu uns herein.

Das gab meinem Unbehagen eine ganz neue Dimension. Ich fühlte mich eingeengt. Und während sich Daniela setzte, stand ich wieder auf. Sie nahm ihr Handy zur Hand, zögerte, und legte es schließlich auf den Tisch.

»Wir müssen noch abwarten. Falls Badener den Vorfall nicht überlebt, brauchen wir keine Verstärkung mehr.«

Sie seufzte und fuhr sich müde mit der Hand übers Gesicht.

»Ich kann es nicht glauben, wie dumm ich war«, regte ich mich auf.

»Valerie, Valerie ... nun mal langsam, ja? Du hast einige Kapitel Vorsprung auf mich.«

Ich sah sie verdutzt an.

»Wie kamst du darauf, dass sie sich vielleicht selbst das Messer in den Körper gerammt hatte?«

Ich erzählte ihr von der Folge, die ich am Fernsehen gesehen hatte.

»Sie hatte gleich im Vorspann etwas gesagt, das mir erst vorhin im Auto wieder in den Sinn kam. Auch diese Zeile ist abgewandelt in Wilhelm Tell zu finden. Dort heißt es so etwas wie ›Der Berg erschreckt den nicht, der darauf geboren wurde‹. So etwas in der Art. In der Fernsehfolge kam das so herüber, dass Badener das Spielchen kannte, es aber nicht zulassen konnte, dass etwas jemand anderem passicren könnte.«

»Ich kann dir nicht ganz folgen.«

»Es ging die ganze Zeit nicht um das Geld oder Beats Firma oder um die Serie an sich. Es ging nur um sie.«

Daniela blickte betreten drein.

»Aber warum?«

»Weil Camilla mehr Ambitionen hatte, als nur mit dem Produzenten zu schlafen.«

»Du meinst ...?«

»Ich bin mir sogar sicher, dass sie sich an Zimmerer herangewagt hat. Wer will denn schon zeit seines Lebens Assistentin bleiben?«

»Und da betrat sie Badeners Privatsphäre. Aber das tat Habdichlieb doch auch, oder nicht?«

»Vor ihm brauchte sie sich nicht zu fürchten. Er war ein Mann. Und ich kann mir vorstellen, dass sie sogar ganz froh war, ihn ab und an mal wegzuhaben.«

»Dann war Beat ...«

»Er hatte die Kleider gefunden, als er in den Wohnwagen kam, und ich bin mir fast sicher, er hat sie verräumt, weil er nicht wollte, dass jemand von seinem missglückten Stelldichein erfuhr. Als Badener aber dann in den Wohnwagen zurückkam, waren die Kleider verschwunden. Ab dem Moment musste sie fürchten, dass er etwas wusste.«

»Sie musste auf Nummer sicher gehen.«

»Und dann kamen wir mit den vermeintlichen neuen Informationen.«

»Und da hat sie Panik gekriegt.«

»Sie wusste ja nicht, was wir gefunden hatten.«

»Aber sie konnte den Verdacht von sich ablenken, indem sie sich selbst als Opfer inszenierte.«

»Und dafür benutzte sie Flores' Handy, um Camilla zu den Wohnwägen zu locken, bevor sie Beat den Mord in die Schuhe schieben wollte.«

»Wie konnte sie nur glauben, dass wir darauf hereinfallen würden?«

»In den Filmen funktioniert das halt ziemlich gut.«

Es klopfte an der Tür. Ein junger Arzt streckte den Kopf herein.

»Sind Sie diejenigen von der Polizei?«, fragte er.

Daniela stand auf.

»Wir haben sie zurückgeholt und ihr Zustand ist so weit stabil. Da man sie erkennen könnte, haben wir entschieden, sie auf einem Zimmer zu isolieren. Wenn Sie mit mir kommen möchten?«

Er führte uns durch endlose Gänge, dann fuhren wir mit dem Aufzug hoch. Er war so groß, dass locker drei Särge nebeneinander Platz gefunden hätten.

Ich wunderte mich über meinen Sarkasmus.

Der Mann blieb im Aufzug, als dessen Türen sich wieder öffneten, und deutete auf den Korridor vor uns. Hier hingen Bilder an den Wänden und grüne Pflanzen standen neben Stühlen. Große Fenster ließen Licht herein.

Ich atmete auf.

»Dritte Tür rechts, wenn ich mich nicht täusche.«

Die Aufzugtüren schlossen sich wieder auf sein verschmitztes Lächeln.

KAPITEL 29

Während wir den Flur entlanggingen, rief Daniela die Zentrale an und beorderte Personenschutz. Zwei Krankenschwestern waren noch dabei, Apparaturen zu installieren, als wir das Zimmer betraten. Badener lag auf dem Rücken, Schläuche aus ihrer Nase und den Armen. Kabel verschwanden unter der Decke. Die eine Krankenschwester überprüfte den Tropf. Die Schauspielerin wirkte so klein in dem Bett, als wäre sie geschrumpft. Ihre Haut, faltenreich und fast grau.

Sie tat mir irgendwie leid.

Die Krankenpflegerinnen verabschiedeten sich und ließen uns mit der Schauspielerin allein. Daniela setzte sich auf die Bettkante.

»Ei ... ein ... Zim ... mer ...«, krächzte Badener. Sie hustete, fing den Satz noch einmal an. »Das Zim ... Zimmer ... hätte ... ich mir ... schon mit ... mit Aussicht ... ge ... wünscht.«

Das Atmen fiel ihr schwer. Wir tauschten einen Blick aus.

»Wir werden sehen, was sich noch machen lässt, Frau Badener.«

»Ach ja, und sagt Klaus Bescheid, ja?«

»Darf ich Ihnen eine Frage stellen?«

Sie sah Daniela an. Ihre Augenlider zitterten.

»Warum?«

Ein Hauch von Heiterkeit überkam ihr Gesicht.

»Es ... hätte alles ... so ...« Ihre Stimme war nur noch ein Flüstern. »... so perfekt ... sein ... kö...nnen. Wir .... wir hatten .... Firma .... Geld ... Klaus und ... Klaus und ich. Und dann ... diese ... Camilla ... ich ...« Sie schwieg. Das Reden kostete viel Kraft, das konnte ich sehen.

»Gute Assistentinnen sind heutzutage bekanntlich Mangelware«, sagte ich.

Sie drehte den Kopf langsam in meine Richtung. Ihre Augen lächelten. Dann holte sie der Schmerz wieder ein. Erschöpft ließ sie ihren Kopf in die übergroßen Kissen zurücksinken und schloss die Augen.

Ich blickte zu Daniela, die aufstand.

Alles war gesagt. Wir warteten, bis Danielas Kollegen da waren, und fuhren dann zurück zum Polizeiposten.

Die Ergebnisse des Labors waren da. Die DNA eines Haares hatte man isolieren können. Wir wussten nun, dass dieses Badener gehörte. Und das auch ohne Abgleich.

Die Zeugenaussagen von Zimmerer, Habdichlieb und Flores bestätigten letztendlich unsere Theorie.

Das Schwierigste kam aber noch auf mich zu: Die Frage, ob Beat noch am Leben wäre, hätte ich ihn nicht auf der Schwelle der Buchhandlung weggewiesen, kam angesichts der bevorstehenden Beerdigung wieder hoch. Donnie versicherte mir, dass meine Entscheidung keinen Einfluss auf sein Leben gehabt hatte. Meine Gefühle wagten es, seine Aussage zu bezweifeln.

Hannah Mimi Badener erholte sich erstaunlich schnell von ihrem Zusammenbruch. »Unkraut vergeht nicht«, kommentierte Bärbel.

Natürlich ergriff die Boulevardpresse die Möglichkeit, über das Düdinger Drama zu berichten. Dank sozialer Netzwerker wurde die gesamte Schweiz mit Theorien überflutet. Ich war froh, dass mein Name dabei nicht über die regionalen Zeitungen hinaus genannt wurde.

Und je mehr ich darüber las, desto mehr wurde mir bewusst, dass es beim Scheitern grundlegend nicht darum geht, was schief-gelaufen ist.

Es geht mehr darum, sich zu sorgen, was andere Leute denken könnten, wenn es denn passiert ist. Letztendlich handelt es sich ja nur um das unerwünschte Ergebnis einer vielleicht unüberlegten Handlung.

Je mehr ich darüber las, desto abstrakter wurde das Ganze und desto weniger schien es mit meiner eigenen Geschichte zusammen-zuhängen.

Das Leben würde nach den Sturmwinden und den Wolken weitergehen.

Da war ich mir sicher.

Und das gab mir Zuversicht.

EPILOG

Für Donnie war es von Anfang an klar gewesen, dass er mich begleiten würde. Schweren Herzens überließ ich Bärbel den Buchladen, nicht ohne sie daran zu erinnern, dass ich nicht an mein Handy gehen würde. Ich hatte Beat bereits zu Lebzeiten im Stich gelassen, ich wollte ihn nicht auch noch am Anfang seiner letzten Reise enttäuschen.

Wir waren dafür in die Ostschweiz gereist, und wie es zu erwarten gewesen war, kamen sehr viele Menschen, um ihm die letzte Ehre zu erweisen.

Jemand hat mal gesagt: Wenn Gefühle wieder hochkommen, waren sie nie weg. Mit großer Traurigkeit musste ich feststellen, dass es ganze Teile von mir gab, die ich nach der Scheidung einfach zugemauert hatte. Meine Tränen lösten den Mörtel wieder auf. Und vielleicht war das Beats letztes Geschenk an mich.

Donnie stand neben mir, versorgte mich mit Taschentüchern und irgendwann fanden unsere Hände sich. Ich stand nicht mehr allein in der Menge.

Der Pfarrer sprach von Verlust. Und Verlust hat immer etwas mit Veränderung zu tun.

Der Mensch ist aber nun mal nicht sehr mutig. Am liebsten würde er wissen, was auf ihn zukommt, ehe er Altes verlässt. Das führt nicht zu neuen Lebensentwürfen, sondern zu unglücklichen Beziehungen.

Das war bei Beat und mir so gewesen, und ich hatte mir geschworen, nie mehr mein Wohlergehen für eine Komfortzone zu opfern, ganz egal wie gut meine Überzeugungen dafür auch sein mochten. Die Frage, die es von nun an zu beantworten galt, war: Macht das glücklich oder darf das weg?

Und Donnies Hand in meiner fühlte sich definitiv gut an.

Valerie Birbaum ermittelt
auch in ...

Wein, Schein und Vergissmeinnicht

Jean-Pascal Ansermoz wurde im September des Jahres 1974 in Dakar (Senegal) geboren. Erst Anfang der Achtziger kam er in die Schweiz zurück, schloss seine Schulzeit mit dem Abitur in Basel ab, bevor er in Lausanne sein Studium in Angriff nahm.

Er ist einer, der mit Leichtigkeit über den Röschti-graben springt, schrieb er doch bis 2009 nur in französischer Sprache. Weltenbürger, Romand und Deutschschweizer in einem: ein Autor mit Hang zum Kriminellen aber auch zu Poetischem, Literarischem, Alltäglichem und Besonderem.

Er lebt als freischaffender Autor in Düdingen (CH).

www.jeanpascalansermoz.ch